패러독스 이솝우화

패러독스 이솝우화

초판 1쇄 ┃ 2016년 6월 20일

원작자 ┃ 이솝
글쓴이 ┃ 로버트 짐러
옮긴이 ┃ 이종길
펴낸이 ┃ 유동범
펴낸곳 ┃ 도서출판 토파즈

출판등록 ┃ 2006년 6월 26일 제313-2006-000137호
주　소 ┃ 경기도 고양시 덕양구 행신동 746-7번지 써니빌 102호
전　화 ┃ 02-323-8105
팩　스 ┃ 02-323-8109
이메일 ┃ topazbook@hanmail.net

ⓒ 2016 토파즈

ISBN　978-89-92512-48-0 (03840)

잘못 만들어진 책은 구입처에서 교환해드립니다.

인생의 정답을 믿는
바보들에게
Paradox Aesop's Fables

PARAD
OXAESO
P'S FABLES

로버트 짐러 글 | 이종길 옮김

패러독스
이솝우화

T P
A Z
토파즈

내 아내와 아이들에게 바친다.
그들의 끊임없는 도움이 없었다면
이 책은 훨씬 더 빨리 세상에 나왔을 것이다!

머리말, 해제, 그리고 경고를 겸한 서문

우리가 시중에서 흔히 구할 수 있는 약병에도 경고문이 붙어 있는 것처럼 다음 글 역시 독자들의 주의를 환기시키고자 함이 그 목적이다.

내가 이 책의 저자 트이로프 교수를 만난 건 3년 전 빈(Vienna)에서였다. 휴가차 방문했던 친구들의 소개로 그를 알게 되었던 것이다. 트이로프 교수는 대단히 신망이 두터운 정신과 전문의로, 지그문트 프로이트의 수제 자로도 알려진 인물이었다. 나는 그의 심오하고 논리 정연한 전문가적 식견에 깊은 인상을 받았고, 온화하고 기품 있는 태도에 인간적으로 매료당했다는 사실을 인정하지 않을 수 없다.

내가 글 쓰는 사람이라는 사실을 알게 된 트이로프 교수는 빈을 떠나기 이틀 전쯤 조용히 나를 찾아왔다. 그는 정신분석학이 이룬 지적 성과를 대중에게 전파하는 방법에 대해 여러 해 동안 고민해오다 어느 순간 이솝우화를 개작해야겠다는 영감이 떠올랐다고 했다. 초기 기독교인들이 자신들의 교리를 설파하고자 이솝우화를 개작했다면, 이제 와서 인간의 정서적 본능에 대한 새로운 지식을 이솝우화에 접목시키지 못할 이유가 없다는 것이 그의 주장이었다.

그는 또 이 계획에 또 다른 이점이 있다고 지적했다. 부모가 자식에게 이 새로운 우화를 읽어준다면 두 세대가 함께 교훈을 얻게 된다는 설명이었다. 트이로프 교수는 자신의 원고를 미국으로 가져가 출판업자를 찾아봐 달라고 부탁했다. 사실 내 출판계 연줄이라는 것이 전공 분야인 수학 관련 출판사가 고작이었지만 나로서는 이처럼 보람 있는 일에 도움을 줄 수 있다는 사실이 오로지 기쁠 따름이었다.

그런데 미국으로 돌아오자마자 빈의 친구들로부터 놀라운 소식이 날아들었다. 트이로프 교수가 사기 혐의로 체포된 것이었다. 그는 정신분석학자도 아니었을 뿐더러 이름 또한 가짜였다. 그러고 보니 '프로이트'를 거꾸로 읽으니 '트이로프'가 아닌가! 편지에 동봉된 신문 기사 스크랩을 보니 그는 수많은 여인들을 울리고 돈을 갈취한 모양이었다. 언론과 일반인의 출입이 통제된 상태에서 진행된 속결재판에서는 오스트리아 법령이 규정하는 죄목이 거의 총망라되었고 트이로프 교수는 30년 징역형을 언도받았다. 피해자들 중에 장관 부인이 한 사람 끼어 있었다는 소문으로 미루어 그 같은 중형이 선고된 이유를 짐작할 수 있었다.

나는 즉시 간략하지만 최대한 예의를 갖춘 사연과 함께 원고를 트이로프 교수에게 돌려보냈다. 당연히 이런 상황에서는 책 출판이 곤란하다는 내용이었다. 하지만 그 원고는 트이로프 교수에게 전달되지 못했다. 교도소 규정상 재소자들에게는 개인적인 서신만 허용된다는 것이었다. 최근에야 알게 된 사실이지만 원고를 받아 살펴본 간수들이 그것을 교수의 탈출을 모의하는 정교한 암호문이라고 판단한 모양이었다.

달리 뾰족한 수가 없던 터라 원고를 서랍에 넣어둔 채 거의 잊고 지내는 중이었는데, 갑자기 몇 달 전 한 18세 아가씨로부터 애절한 편지 한 장이 도착했다. 그 아가씨는 결국 옥중에서 죽음을 맞은 트이로프 교수의 사생아로서 유일한 후손이며, 그녀에게 남은 유산이라고는 그 원고뿐이라는 내용이었다. 내가 다시 한 번 책 출판을 위해 힘을 써주면 판매수익금으로 미국으로 건너와 배우가 되고 싶다고 애원했다. 동봉한 사진을 보니 이 불행한 아가씨는 대단히 뛰어난 미모를 갖고 있었다.

뜻하지 않게 곤란한 입장에 놓인 나는 크게 기대하지 않았지만 시험 삼아 교수의 원고를 몇몇 전문 단체에 제출해보았다. 그런데 놀랍게도 전문가들은 이 우화가 어른과 아이 모두에게 유익한 약이 될 것이라는 데 의견의 일치를 보았다. 물론 과용하지 말아야 한다는 단서가 붙긴 했지만 내가 이 책의 출판을 추진할 만한 당위성을 제공받은 셈이다.

하지만 당신이 심각한 정서장애에 시달리고 있거나 정신적 불안, 혹은 스트레스 증상이 나타난다면 즉시 이 책의 복용을 중단하고 전문가를 찾아가 상담할 것을 강력히 권고하는 바이다. 그러한 경우라도 당신이 구입한 책이 어느 아름답고 심성 고운 아가씨를 재정적으로 후원해 영화계로 진출시키는 데 일조했다고 생각하면 적지 않은 위로가 될 것이다. 어느 유명 작가의 책이라 한들 이보다 더한 사연이 있겠는가.

로버트 짐러

| 차례 |

1. 여우와 포도

여우 한 마리가 누이동생을 데리고 길을 가다가 향기로운 포도송이가 무르익어 주렁주렁 열려 있는 포도밭을 지나게 되었다. 하지만 포도가 너무 높이 매달려 있어 도무지 닿을 수가 없었다.

한참 뜀뛰기를 해도 가망이 없어 보이자 동생 여우가 뽀로통하게 말했다. "저건 보나마나 신포도야. 집에 가서 엄마한테 점심이나 차려달라고 하자. 오빠 안 갈래?"

동생 앞에서 체면을 구기고 싶지 않은 오빠 여우가 대꾸했다. "난 싫어. 넌 지금 저 포도를 못 따먹으니까 구실을 찾고 있는 것뿐이야. 난 현실의 역경 앞에 절대 굴복하지 않을 거야. 저건 틀림없이 세상에서 제일 달고 맛난 포도야. 무슨 일이 있어도 따먹고야 말겠어."

그렇게 동생 여우는 총총히 자리를 떴고, 오빠 여우는 고집스럽게 포도 송이를 향해 연신 뛰어오르기를 계속했다. 몸에서 힘이 빠져나갈수록 가능성은 점점 희박해졌지만 포도를 향한 집념만은 더욱더 불타올랐다.

좌절감은 급기야 신경발작으로 이어지고 말았다. 여우는 자기 꼬리를 물어뜯겠다고 뱅글뱅글 제자리를 맴돌며 미친 듯이 캥캥거리기 시작했다. 이 소리를 듣고 달려나온 포도밭 주인이 엽총 방아쇠를 당겼고, 여우의 머리는 그 자리에서 산산조각이 나고 말았다.

●교훈 : 한 번 해서 안 되는 일은 다시 하지 마라.

2. 돼지와 사자

어느 날 갑작스럽게 숲을 덮친 홍수에 놀란 돼지 한 마리가 가까스로 흘러가는 통나무를 붙들어 용케 목숨을 건졌다. 그런데 가슴이 철렁 내려앉을 일이 벌어졌다. 물 속에서 허우적대던 사자 한 마리가 공교롭게도 같은 통나무에 올라탄 것이었다.

간이 콩알만해진 돼지가 하소연했다. "백수의 왕이시여, 운명이 우리로 하여금 이 통나무를 나눠 타게 하였은즉, 부디 당신의 식욕이 이성을 흐리게 하는 일이 없도록 하소서. 우리가 지금 밟고 있는 이 발판은 불안하기 짝이 없사오니, 자칫 사소한 몸싸움이라도 벌어지는 날엔 둘 다 강에 빠져 물고기 밥이 되기 십상이옵니다."

"참으로 현명한 고언이로다. 널 잡아먹을 생각 같은 건 하지 않겠다. 너 죽고 나 죽는 일이 벌어져선 안 되니까." 사자가 대답했다.

사자의 대답을 들은 돼지는 안도의 한숨을 내쉬었다. "훌륭하십니다. 만약 식욕이 발동하면 방금 그 결심을 자꾸 되뇌시옵소서."

그렇게 돼지와 사자는 통나무 위에서 하룻밤을 평화롭게 보냈다. 아침이 되자 사자가 말했다. "참 이상한 꿈도 다 있지. 꿈에 내가 어느 마을의 왁자지껄한 광장을 찾아가지 않았겠느냐. 그런데 사람들은 내가 누군지 전혀 몰라보는 눈치였어. 마을 이곳저곳을 돌아다니다 보니 안식일 예배를 드리러 유대교 회당에 들어가는 신도들이 눈에 띄더구나. 순간 뭐에 씌었는지 나도 그 예배에 참석을 했더랬지. 기도야 무슨 말인지 통 알아들을 수 없었지만 왠지 모르게 즐거운 마음이 들더구나."

돼지는 내심 미소를 흘렸으나 겉으로는 아무런 내색도 하지 않았다. 시간이 갈수록 사자는 허기가 심해졌지만 돼지에게 어떤 위협도 가하지 않았다.

이튿날 아침에 사자가 또 말했다. "참으로 해괴한 꿈이로다. 어제 꿈을 이어서 꾼 것 같은데 장소도 바로 그 자리였어. 그런데 이번에는 사람들 얘기를 듣자 하니 유서 깊은 성당에서 금요 미사를 본다는 것이야. 그래서 또 거길 찾아갔지. 라틴어로 진행되는 의식이라 당연히 한마디도 못 알아들었지만 정말 즐거운 시간이었어."

돼지는 다시 한 번 속으로 웃음을 지었지만 역시 입을 꾹 다물었다. 하지만 사자는 시간이 지날수록 허기가 더욱 심해져 눈앞에 먹잇감을 두고 평정심을 유지하기가 힘들었다. 그날 밤 사자는 잠을 자면서도 밤새 으르렁거렸다.

다음 날 잠에서 깬 사자가 돼지에게 말했다. "그거 참, 귀신이 곡할 노릇이군. 간밤에도 그 희한한 꿈이 계속되는 거야. 역시 같은 마을이었는데, 이번에는 교회로 들어갔어. 종파는 확실치 않았지만 우리말로 예배를 보더군. 세 번 중에서 가장 즐거운 시간이었어."

이 얘기를 들은 돼지가 침울한 목소리로 말했다. "이제 헤어질 시간이 된 것 같습니다. 그럼 안녕히."

"잠깐!" 사자가 소리쳤다. "난 약속을 지켰고, 널 한 번도 위협한 적이 없어. 그런데 왜 갑자기 이 안전한 통나무를 떠나겠다는 거지?"

돼지는 이렇게 대답했다. "먼저 저는 종교에 대해 어떤 편견도 갖고 있지 않으며, 특별히 마음에 두고 있는 종교도 없다는 사실을 알아주셨으면 합니다. 하지만 유대인들은 돼지고기를 먹지 않고 천주교인들은 금요일에 육식을 삼갑니다. 그런데 당신은 언제라도 저를 먹을 수 있는 종교로 개종을 하신 겁니다. 그러니 이제 굶주린 사자보다는 강물에 몸을 맡기는 편이 차라리 안전하겠지요." 남겨진 사자야 허기를 채우든 말든, 이 말을 마친 돼지는 강물로 풍덩 몸을 내던졌다.

● 교훈 : 잠자리가 딱딱할수록 꿈은 더욱 달콤해지는 법이다.

3. 양치기 소년

어린 시절의 정신적 충격으로 인하여 상습적으로 거짓말을 하게 된 소년이 있었다. 당연한 일이지만 거짓말이 몸에 밴 소년에게 믿고 맡길 일은 별로 없었다. 결국 소년에게 주어진 일은 하루 종일 고작 양떼나 지키는 것이었다. 하지만 소년은 이 상황에서도 기가 막힌 거짓말을 생각해냈다. 소년은 마치 늑대가 나타나 양떼를 공격이라도 하는 것처럼 "늑대다! 늑대가 나타났다" 하고 목청껏 소리쳤다.

놀란 마을 사람들이 부랴부랴 뛰어갔지만 그곳에서는 늑대 그림자도 찾아볼 수 없었다. 거짓말쟁이 소년은 뻔뻔스럽게도 오히려 도와주러 온 사람들을 몰아세웠다. "이제야 오면 어떡해요! 혼자 늑대를 쫓아내느라 물려 죽을 뻔했잖아요!"

다음 날에도 양치기 소년이 늑대가 나타났다고 외치자 동네 사람들이
허겁지겁 달려왔다. 물론 그 자리에 늑대는 없었다. 그때서야 사람들은
이 녀석의 옛날 버릇이 되살아난 게 아닌가 의심하기 시작했다. 하지만
소년의 당당한 태도는 오히려 그런 동네 사람들을 무안하게 만들었다.
"정 그렇게 늑장을 부리시겠다면 전 이 일을 그만두는 게 낫겠어요. 전
날마다 혼자서 목숨을 걸고 무시무시한 맹수들과 싸우고 있는데, 여러
분은 산책이라도 나온 것처럼 느긋하시니 말이에요. 오는 길에 꽃도 꺾
고 경치도 감상하고 그러시는 모양이죠?"

소년의 반격에 머쓱해진 동네 사람들은 다음번에는 꼭 빨리 오마고 다짐했다. 바로 그날 밤 엄청난 늑대 무리가 몰려와 마을 사람들의 양떼를 습격했다. 여기저기에서 늑대가 나타났다고 외치는 통에 주위는 삽시간에 아수라장이 되었다. 전에 몇 번 도움을 청했던 소년에게 미안한 마음을 품고 있던 마을 사람들은 다른 양치기들의 외침은 무시하고 모두 그 거짓말쟁이 소년에게 뛰어갔다.

마을 사람들의 신속한 행동 덕분에 소년과 그의 양떼는 무사할 수 있었지만 다른 양떼들은 모두 심각한 피해를 입었다. 늑대들과 싸우다 큰 상처를 입은 용감한 양치기 한 명은 곧 광견병에 걸려 끔찍한 고통 속에 생을 마감하고 말았다.

● 교훈 : 순진한 사람만이 미안한 감정을 느낄 여유가 있다.

4. 사자와 여우와 수사슴

나이가 들어 사냥할 기력마저 없어진 사자가 굶주린 배를 움켜쥐고 힘없이 굴속에 누워 있는데, 마침 여우 한 마리가 근처를 지나게 되었다. 절박한 사자가 여우를 불러세웠다. "이보게 친구, 소문대로 자네가 그렇게 영리하다면 먹잇감을 내 앞까지 유인하는 것쯤은 식은 죽 먹기겠지? 이제부턴 길 잃은 생쥐를 덮치거나 새 둥지를 기웃거리는 짓일랑 그만두게. 잡은 것은 공평하게 나눠줄 터이니 자네도 배불리 먹을 수 있을 걸세."

사자와 동업해서 나쁠 건 없다고 생각한 여우가 대답했다. "그게 그렇게 말처럼 쉬운 일은 아닙니다만, 한번 해보죠 뭐." 말을 마친 여우는 어수룩한 먹잇감을 찾아 숲으로 들어갔다.

냇가에 이르니 사슴 한 마리가 목을 축이며 물에 비친 자기 모습에 감탄하고 있었다. 이것을 본 여우는 속으로 쾌재를 불렀다. "이보게, 굉장한 소식이야." 영악한 여우가 사슴에게 말했다. "백수의 왕 사자가 지금 몸져누워 죽을 날만 기다리고 있는데, 글쎄 자넬 후계자로 지목했지 뭐겠나. 그 소식을 전하려고 내 이렇게 달려왔다네."

의심스러운 눈초리로 여우를 흘겨보던 사슴이 쏘아붙였다. "간교하기 짝이 없는 네 녀석의 말이니 콩으로 메주를 쑨다 해도 믿을 수가 있나. 분명 무슨 꿍꿍이가 있는 거야. 안 그래?"

짐짓 속상한 척하며 여우가 말을 이었다. "역시 사자 왕의 판단력이 흐려진 게 틀림없어. 그렇지 않고서야 자신이 왕의 재목이라는 사실도 모르는 바보를 선택할 리가 없지."

"하긴 그래." 사슴이 거만하게 뿔을 쳐들며 덧붙였다. "나야 이미 외모로나 지혜로나 인품으로나 널리 세간의 칭송을 받고 있는 몸 아닌가. 애초에 제왕의 풍채를 타고났거든. 자네 말이 맞아. 사자로서도 나 외에는 달리 선택의 여지가 없었겠지."

"그럼 어서 가세나." 여우가 재촉했다. "이제 공식적으로 후계자 지명을 받을 일만 남은 거야. 따라오게."

의심을 버린 사슴은 여우의 뒤를 따라 사자의 굴에 당도했다. 순간 굶주린 사자가 사슴을 향해 몸을 날렸지만 그뿐이었다. 사슴은 귀만 약간 긁힌 채 기력이 쇠한 사자의 손아귀에서 벗어나 달아나고 말았다. 놀란 사슴은 깊은 숲 속으로 들어가 이내 자취를 감춰버렸다.

여우가 불평을 늘어놓기 시작하자 사자가 한숨을 내쉬며 말했다. "자네가 그런 말 하지 않아도 나 자신의 무기력함을 한탄하는 중일세. 책망일랑 그만두고 다시 한 번 사슴을 유인해오는 게 어떤가."

"그런 일을 당하고도 다시 죽을 자리로 돌아오는 바보가 어디 있겠습니까." 여우가 대답했다. "여하튼 노력은 해봅지요."

발자국을 따라가던 여우는 이윽고 덤불 속에 숨어 있는 사슴을 찾아냈다. 짐짓 다른 곳으로 향하는 척하면서 여우가 한마디 던졌다. "자네 같은 겁쟁이를 왕으로 책봉하려 했다니 하마터면 큰 실수를 저지를 뻔했지 뭐야. 난 지금 곰에게 왕위 계승자가 됐다는 사실을 알리러 가는 중일세."

"뭐?" 사슴이 소리쳤다. "이 사기꾼 녀석이 누구더러 겁쟁이래. 그럼 내가 그 자리에 서서 잡아먹히는 게 옳으냐!"

이 말을 들은 여우는 웃음을 참지 못하겠다는 듯 대꾸했다. "사자 왕은

단지 기운이 없어서 자네 귀에 대고 축복의 말을 속삭이려 했을 뿐이야. 자네가 겁이 많아서 굴러 들어온 복을 걷어찬 거지 뭐."

"내가 오해를 한 모양이군." 사슴이 말했다. "해명할 기회도 안 주고 내 자리를 다른 녀석에게 넘겨주는 건 말도 안 돼. 내가 명예가 탐이 나서 하는 소리가 아니라 곰은 보나마나 폭군이 될 녀석이야."

"일리 있는 말일세." 여우가 대답했다. "하지만 나한테 그런 얘기 해봤자 아무 소용없네. 나야 한낱 왕의 전령으로 시키는 일이나 하는 입장 아닌가."

"부탁이니 한 번만 다시 왕을 만나게 해주게." 사슴이 애원했다. "왕에게 용서를 빌고 애초의 계획대로 일을 추진하도록 설득해보겠네."

"곰에게 다녀오라는 명령을 거역했다고 사자 왕이 역정을 내겠지만 어쩌겠나. 옳지 않은 일을 할 순 없는 노릇이니." 여우가 말했다. "따라오게, 내 자리를 한번 마련해봄세."

그렇게 사슴은 기꺼이 사자의 굴로 다시 돌아왔다. 그날 밤 사자와 여우는 사슴 뼈를 뜯으며 제 잘난 사슴의 어리석음을 실컷 비웃어주었다.

● 교훈 : 실수를 반복하라. 그러면 최소한 그 결말은 확인할 수 있을 것이다.

5. 제우스와 거미

작은 거미 한 마리가 제우스 앞에 나아가 불만을 토로했다. "성적인 본능이 발동하여 저도 이제 짝을 찾아야 합니다. 하지만 저희는 교미가 끝나자마자 어김없이 암컷에게 잡아먹히고 맙니다. 짝짓기가 일종의 쾌락사라는 건 잘 알고 있지만 저희를 위해 좀 더 다정하고 항구적인 이성 관계를 만들어주실 순 없겠는지요?"

조그만 미물의 용기를 가상히 여긴 제우스는 거미의 고충을 해결해주고 싶어졌다. 게다가 거미의 교미 습성은 제우스의 아내 헤라가 남편을 겁주기 위해 고안해낸 짓궂은 책략이었다. "너는 이제부터 다른 동물들의 성 본능 중 한 가지를 빌려 써도 좋다." 제우스가 말했다. "하지만 현명하게 선택하도록. 그게 너와 네 동족을 위해 좋을 것이다. 나도 내 본능을 마음대로 못하니까."

제우스의 경고에 거미가 조심스럽게 대답했다. "다른 동물들과 허심탄회하게 얘기하다 보면 좋은 수가 나오리라 생각합니다." 그렇게 거미는 친구들의 조언을 구하기 위해 그 자리를 떠났다.

꿀을 모으고 있는 벌을 만난 거미는 제발 경험담을 들려달라고 부탁했다. 벌이 대답했다. "우리에게 성이란 왕족과 몇몇 게으른 놈팡이만 누릴 수 있는 특권이야. 수벌들은 죽음으로 내몰리고 암벌들은 태어나자마자 여왕벌이 모두 죽여버리거든. 성별을 갖는 것 자체가 치명적이야. 중성으로 지내는 게 차라리 낫지. 그래야 나처럼 일하는 데 방해도 안되고."

'나와 같은 곤충에게 물어보다니 괜한 시간 낭비만 했군.' 거미는 이렇게 생각했다. '성이란 대단히 복잡한 본능이라 저런 녀석에게서는 답이 나올 리 없지. 아무리 작더라도 뇌를 가진 동물에게 물어보는 게 좋겠어.'

냇가에 이르러 연어를 발견한 거미가 물고기들의 견해를 청했다. "성이란 분명 좋은 거야." 연어가 대답했다. "그렇지 않고서야 우리 조상들이 모두 그걸 위해 목숨을 바칠 리 없지. 하지만 지금 나로선 아무것도 말해줄 수 없어. 돌아올 수 없는 폭포를 거슬러 올라가봐야 알 수 있거든."

실망한 거미가 계속 길을 가다가 이번에는 수탉 한 마리를 만났다. "내 암컷들은 나름대로 성을 즐기고 있을 거야." 수탉이 대답했다. "하지만 내게는 그 대가가 너무 커. 사실 나야 원하는 대로 아내를 취할 수 있지만 젊은 녀석이 짝을 하나 얻으려면 결투를 해서 나를 죽이는 수밖에 없거든. 그래서 난 이제나저제나 내 목숨과 암컷들을 한꺼번에 잃게 될까 노심초사하며 하루하루를 살아가야 하지."

소득 없는 여행에 지친 거미가 다시 제우스 앞으로 돌아와 이렇게 보고했다. "어디든 성이 있는 곳엔 죽음이 있더이다. 먹혀 죽든 맞아 죽든 매한가지, 저도 그냥 원래 타고난 대로 살겠습니다."

제우스에게 작별을 고한 거미는 마음에 드는 암컷을 만나 짝을 짓고 기꺼이 암컷의 저녁거리가 되었다.

●교훈 : 성과 정의는 모두 장님이다.

6. 사자와 생쥐

종족 특유의 자부심으로 똘똘 뭉친 사자 한 마리가 사냥꾼들에게 붙잡혀 굵은 밧줄에 꽁꽁 묶여 있었다. 성난 사자의 포효를 듣고 생쥐 한 마리가 다가왔다.

남을 도울 수 있다는 사실에 마음이 들뜬 생쥐는 자신의 왜소한 몸집도 잠시 잊은 채 동정심을 가득 담은 목소리로 물었다. "어디 불편한 데라도 있나요? 제가 좀 도와드려요?"

"딴 데 가서 알아봐." 사자가 으르렁거렸다. "안 그래도 죽을 맛인데 별 같잖은 게 다 와서 속을 뒤집네."

"뭐가 문제죠?" 사자의 짜증에도 불구하고 생쥐는 굽히지 않았다. "전

남을 돕는 낙으로 산답니다."

"미련한 줄로만 알았더니 이제 보니 눈까지 멀었구나." 사자가 기막히
다는 듯이 대꾸했다. "보다시피 이렇게 사람들한테 붙잡혀 동물원에
끌려갈 처지가 됐다. 이제 평생 우리 안에 갇혀 있다가 죽게 될 판이라
고. 사자의 힘으로도 어찌할 수 없는 상황인데, 너 같은 게 뭘 어쩌겠다
고 제 분수도 모르고 나서는 거야?"

"뭐 그 정도라면야." 생쥐가 다정하게 말했다. "걱정 마세요. 제가 당
장 밧줄을 쏠아서 끊어드리죠."

앞니를 몇 개나 상해가면서 생쥐가 마침내 밧줄 하나를 끊어내자 사자
는 제 힘으로 남은 밧줄을 모두 풀고 자유의 몸이 되었다.

"오, 친구여!" 사자가 외쳤다. "자네가 내 목숨을 구해주었어. 이 은혜는 평생 잊지 않겠네. 나와 함께 가세. 이제부터는 고생 안 하고 살도록 해주겠네."

"별것도 아닌데 뭘 그러세요." 생쥐가 점잔을 빼며 말하자 사자는 더욱 간곡히 부탁했다. "최소한 우리 가족들이 감사 인사라도 하게 해주게." 생쥐가 승낙하자 사자는 폭신한 갈기에 생쥐를 태우고 숲으로 뛰어 들어갔다.

사자의 가족들은 영락없이 죽은 줄로만 알았던 가장이 살아 돌아오자 뛸 듯이 기뻐하며 생쥐를 주빈으로 모시고 성대한 잔치를 벌였다. 그런데 발효된 코코넛 주스를 몇 잔 마시고 세상이 돈짝만 하게 보이기 시작한 생쥐는 마주치는 손님마다 붙들고 앉아 제 자랑을 늘어놓았다. "글쎄, 저 촌뜨기 말이에요. 무식하게 힘만 셌지 아무짝에도 쓸모가 없더라고요. 사람들한테 붙잡혀서 벌벌 떨고 있는 걸 내가 구해줬지 뭐겠어요. 이 몸이 바로 저 녀석을 살린 생명의 은인이라고요."

이 말을 들은 사자는 두 번도 생각하지 않고 무시무시한 앞발을 들어 생쥐를 내리쳤다. 빈대떡이 된 생쥐의 사체는 덤불에 던져져 개미들의 먹이가 되고 말았다.

● 교훈 : 그대의 호의를 받아들이는 사람들에게 감사한 마음을 가져라.

7. 벌과 벌새

누가 먼저 꽃밭을 찾아냈는가를 두고 벌과 벌새가 옥신각신 다투고 있었다. 물론 먼저 발견한 쪽이 꽃밭을 차지하기 때문이었다. 마침내 분을 못 이긴 벌이 침을 드러내어 상대를 찌르려 했다.

"미련한 곤충 같으니." 침을 살짝 피하면서 벌새가 말했다. "날 쏘고 나면 너도 숨이 끊어질 텐데, 죽고 난 뒤에 꿀이 다 무슨 소용이야?"

잠시 멈칫하더니 벌이 물었다. "죽어? 죽는 게 뭔데?"

벌의 순진한 질문에 오히려 당황한 벌새가 대답했다. "그러니까 죽는다는 건 말이지, 네가 더 이상 아름다운 경치도 못 보고, 꽃향기도 못 맡고, 꿀도 못 먹고, 친구들이랑 붕붕거리며 수다도 못 떨게 된다는 뜻이야.

날지도 못하고, 기지도 못하고, 더듬이를 흔들지도 못해. 다리며 날개며 몸통까지 바삭하게 말라서 결국에는 바람에 흩어져 날아가버리지."

"맙소사, 너무 끔찍해." 벌은 두려움에 몸을 부들부들 떨며 벌통으로 돌아갔다. 꽃밭 따위야 누가 차지하든 더 이상 알 바가 아니었다. 벌은 며칠 동안 벌통 틈에 틀어박힌 채 먹지도 않고 친구들과 얘기하지도 않았다. 오로지 엄습하는 죽음의 공포에 몸을 떨 뿐이었다.

그런데 어느 순간 벌은 자기가 당시에는 너무 큰 충격을 받은 나머지 죽음에 대해 충분히 알아보지 못했다는 생각이 들었다. 그길로 벌은 집에서 나와 벌새를 찾아나섰다. 이윽고 스승을 만나자 벌이 물었다. "선생님께서 알려주신 죽음의 현실 때문에 그동안 너무나 고통스러웠습니다. 그런데 한 가지 궁금한 게 있군요. 침을 사용하지 않아도 전 어차피 죽게 되는 건가요?"

벌새가 웃으며 말했다. "이 땅에 사는 모든 생물은 언젠가 자신이 죽게 된다는 사실을 처음 깨닫는 순간 큰 충격을 받게 되지. 지금 너처럼 말이야."

"그렇다면 죽음은 도저히 피할 수 없는 저의 숙명인가요?" 벌이 물었다.

"당연하지." 벌의 어리석은 질문에 짜증이 난 벌새가 잘라 말했다. "하지만 네가 어떤 식으로 끔찍한 죽음을 맞게 될지는 아무도 몰라. 밤공기를 가르고 나타난 딱새가 널 한입에 꿀꺽 삼킬지도 모르고, 말벌이 널 마비시킨 뒤 네 몸속에 알을 낳으면 부화한 새끼들이 널 산 채로 뜯어 먹을 거야. 그뿐이 아냐. 만약 사람들이 뿌려놓은 살충제를 조금이라도 입에 대는 날엔 상상도 못할 만큼 끔찍한 고통 속에서 죽어가게 되지."

"절 겁주려고 일부러 꾸며낸 얘기는 아니겠죠?" 벌이 말했다. "그렇다면 어차피 죽을 목숨 나와 내 동족의 이익을 위해 침이라도 한 번 쓰고 죽는 게 좋겠군요."

"맞아, 바로 그거야." 벌새의 말이 끝나기가 무섭게 벌은 벌새의 경정맥에 침을 박아 넣고 행복한 죽음을 맞았다.

● 교훈 : 수단은 목적을 정당화해야 한다.

8. 들쥐와 개구리

숫기 없고 소심한 들쥐가 우연히 활달한 개구리를 만나 친구가 되었다. 그런데 이 개구리는 약간 가학적인 성향을 갖고 있어서 곧잘 짓궂은 장난으로 친구들을 골려주곤 했다. 그럼에도 들쥐는 개구리와의 우정을 소중히 여겼다. 시원시원한 성격의 개구리는 어딜 가든 모르는 이가 없었고, 무슨 일이든 막힘없이 척척 해치우는 수완가였다.

어느 날 개구리는 들쥐에게 우정의 표시로 둘의 발을 함께 묶고 다니자고 제안했다. 들쥐는 감격의 눈물을 글썽이며 이 감상적인 제안에 기꺼이 동의했다.

서로의 발을 묶은 들쥐와 개구리는 밀밭에서 저녁을 함께 먹으면서도 별다른 불편함을 느끼지 않았다. 그런데 식사를 마치고 연못가로 산책

을 나간 것이 화근이었다. 개구리는 친구를 매단 채 연못으로 풍덩 뛰
어들었고 들쥐는 얼마 지나지 않아 익사하고 말았다.

"별 멍청한 녀석 다 보겠네." 개구리가 말했다. "내가 무슨 재미라도
볼라치면 늘 초를 친다니까." 그러고는 발에 묶인 끈을 풀기 시작했다.

끈을 푸는 데 정신이 팔린 개구리는 불행히도 상공을 맴돌고 있던 매의
존재를 눈치채지 못했다. 죽은 친구 때문에 거동이 불편해진 개구리는
매의 공격을 피할 수 없었다. 덕분에 매는 한 번의 사냥으로 두 가지 요
리를 즐길 수 있었다.

●교훈 : 상반된 성격은 고통만 불러들인다.

9. 까마귀와 여우

외모가 너무 추한 나머지 제대로 된 짝 한번 만나지 못한 노처녀 까마귀가 나뭇가지에 앉아 훔쳐온 치즈를 먹고 있었다. 마침 근처를 지나던 여우가 까마귀를 발견하고는 치즈에 눈독을 들였다. 여우가 까마귀를 불렀다. "넌 외모가 볼품없으니까 그걸 보충할 만한 장점 하나쯤은 있을 거야. 혹시 노래 같은 건 할 줄 아니? 짧게나마 한 곡 들려주면 내가 그 방면의 전문가니까 사심 없이 평가해주지."

여우의 참신한 오디션 제안에 까마귀는 희색이 만면했다. 까마귀가 노래를 하려고 입을 벌리자 치즈가 땅에 떨어졌다. 여우는 재빨리 치즈를 잡아챈 뒤 숲으로 달아나 느긋하게 먹어치웠다.

"이런, 내가 생각이 짧았구나." 까마귀가 탄식했다. "손님 접대도 안

하고 노래를 들려주려 했다니. 누군들 빗속에 노래를 듣고 싶겠어. 여
우한테 정중히 사과하면 다시 한 번 기회를 줄지도 몰라."

까마귀는 정성을 다해 사과 편지를 썼고, 말미에는 만찬을 겸한 음악회
에 초대한다는 내용도 곁들였다. 여우가 나타나자 까마귀는 미리 준비
한 음식으로 상다리가 휘어지게 손님을 대접하고 노래를 시작했다. 공
짜 식사에 기분이 한껏 좋아진 여우는 열렬한 박수와 함께 앙코르를 외
쳐댔다.

이후로 까마귀는 여우를 위해 정기적으로 음악회를 열었다. 꾸준히 연습하다 보니 노래 실력은 물론이려니와 성격까지 긍정적으로 바뀌었다. 매사에 침착해졌을 뿐만 아니라 지나치다 싶을 정도로 자신감이 넘쳤다. 외모야 어쨌건 이 당당한 모습에 반한 노총각 까마귀가 노처녀 까마귀에게 청혼을 했고, 둘은 곧 행복한 한 쌍을 이루었다.

● 교훈 : 가장 값싼 미덕은 진실을 곧이곧대로 말하는 것.

10. 새장 속의 새

한 소년이 풀밭에서 노래하던 새를 잡아다가 창가의 새장에 가두었다. 이 새는 낮에는 조용히 있다가 밤만 되면 노래를 했다. 이 소리를 들은 올빼미 한 마리가 다가와 밤에만 노래하는 이유가 무엇이냐고 물었다. "낮에 노래하다가 소년에게 붙잡혀 이렇게 갇히는 몸이 됐잖아요." 새가 대답했다. "그때 깨달은 바가 있어서 밤에만 노래를 부르는 거예요."

"현명한 예방책이군. 붙잡히기 전이었다면 말일세." 올빼미가 대답했다.

● 교훈 : 오늘 슬픔을 아껴라. 내일 슬퍼할 일이 생기리니.

11. 사자와 암사슴

나이가 들어 사냥감을 쫓아가 쓰러뜨릴 수 없게 된 사자 한 마리가 이제부터는 힘 대신 꾀를 써서 먹이를 구해야겠다고 작정했다. 통통하게 살이 오른 암사슴 한 마리를 점찍은 사자는 보무도 당당하게 풀을 뜯고 있는 먹잇감에게 다가갔다.

적이 다가오는 것을 본 사슴이 달아날 채비를 하자 사자가 소리쳤다. "잠깐, 겁먹을 거 없어. 인사차 들렀을 뿐이니까. 그냥 친구라고 생각해."

"그럼 좋아." 사슴이 경계심을 늦추지 않고 대답했다. "하지만 더 이상은 다가오지 마."

사자는 그 자리에 멈춰 말을 이었다. "널 초대하려고 온 거야. 오늘 저녁 우리 집에서 식사나 하자고."

사슴이 대답했다. "말은 고맙지만 우린 식성이 아주 딴판이야. 난 야채를 좋아하지만 넌 고기만 먹잖아."

"맞아." 사자가 말했다. "하지만 널 위해 이미 풀을 준비해뒀어."

"난 오늘 저녁에 선약이 있어서 곤란한데." 사슴이 말했다.

배가 몹시 고팠던 사자는 군침을 흘리며 이렇게 말했다. "하는 수 없지 뭐. 난 '널' 먹어도 괜찮아."

"그건 '내일' 먹어도 괜찮다는 말이겠지?" 사슴이 말했다.

"미안하이. 잠깐 말이 헛나왔어." 사자가 애간장을 졸이며 대답했다.

사슴이 자리를 뜨며 사자에게 말했다. "안된 얘기지만 난 혼자 먹는 게 가장 속이 편하다는 걸 뼈저리게 느끼고 있어."

● 교훈 : 거짓말도 제대로 하려면 많은 준비가 필요하다.

12. 거북이와 산토끼

공격적이고 허풍이 심한 특이한 거북이 한 마리가 산토끼에게 달리기 시합을 하자고 도전장을 내밀었다. 토끼는 거북이의 터무니없는 자만에 코웃음을 칠 뿐이었다. 하지만 거북이가 끈질기게 토끼를 조롱하고 자존심까지 건드리자 토끼도 끝내 달리기 시합에 동의하고 말았다.

공정하기로 소문난 올빼미가 심판으로 선정되고 코스가 결정되자 이 시합을 구경하기 위해 인근의 동물들이 모두 몰려나왔다. 출발신호가 울리자 토끼는 시위를 떠난 화살처럼 앞으로 튀어 나갔지만 거북이는 힘겹게 한 걸음을 떼어놓는 게 고작이었다.

거북이가 까마득하게 뒤처지자 토끼는 자신의 승리를 확신하고 나무 그늘에서 잠시 쉬었다 가기로 마음먹었다. 그러고는 이내 깊은 잠에 빠져들었다. 토끼가 눈을 떴을 때에도 거북이는 보이지 않았다. 느긋하게 점심을 먹은 토끼는 입가심할 요량으로 산딸기를 따다 예쁜 암토끼를 만나 즐거운 얘기를 나눴다.

그동안에도 거북이는 터벅터벅 쉬지 않고 제 갈 길을 갔다. 늦은 밤, 토끼가 암컷을 향한 구애에 한창 열을 올리고 있는 동안 거북이는 결승선을 통과했다. 올빼미는 동물들이 지켜보는 가운데 거북이가 이 시합의 공식적인 승자임을 선언했다.

한껏 들뜬 거북이는 동물들에게 토끼 대신 자기를 전령으로 뽑아달라고 부탁했다. 하지만 동물들의 대답은 한결같았다. "정신이 어떻게 된 모양이군. 넌 잘 모르는 모양인데, 토끼가 맘만 먹으면 언제든 너보다 빨리 달릴 수 있거든?"

● 교훈 : 할 수 있는 자는 할 필요가 없다.

13. 어미 캥거루와 새끼 캥거루

어미 캥거루 한 마리가 남편이 사냥꾼들의 손에 죽은 줄도 모르고 자기는 버림받았다고 생각했다. 상상 속의 배신이 안겨준 쓰라림을 삼키며 어미 캥거루가 새끼에게 말했다. "불쌍한 내 새끼. 아비란 작자가 이렇구나. 처자식에 대한 책임감 따위는 쥐뿔도 없으니. 나이 어리고 반반한 암컷이 더 좋다는 데야 어떡하겠어. 하지만 이 어미가 아버지 노릇까지 해줄 테니 넌 아무 걱정 말거라."

어미 캥거루는 지극정성을 다해 새끼를 보살폈다. 한동안 친구들과 놀게 내버려둔 적도 있었지만 장난을 치다 친구들에게 몇 번 쥐어박히는 모습을 보고선 당분간 새끼를 주머니에 넣어 키우는 게 낫겠다고 생각했다.

새끼는 제법 나이가 들어서도 제 발로 먹이를 찾아다닐 필요가 없었다. 언제나 어미가 먹이 근처로 데려가 주머니 안에서 편하게 식사를 할 수 있게 해주기 때문이었다. 새끼 캥거루는 자신의 삶에 만족했고 어미만 보고 살았다. 당연히 제 또래의 암컷들이 눈에 들어올 리 없었다.

다 자란 새끼를 힘겹게 주머니에 넣고 다니던 어미 캥거루는 결국 탈장이 되고 말았다. 그 슬픔도 슬픔이었지만 제 앞가림도 못하는 새끼 캥거루는 며칠을 못 가 굶어 죽고 말았다.

●교훈 : 요람과 무덤은 멀리 떨어져 있어야 한다.

14. 나무꾼과 아내

제우스가 올림포스 산의 옥좌에서 세상을 내려다보니 눈보라가 몰아치는 겨울밤에 한 나무꾼이 등불을 들고 숲에서 뭔가를 필사적으로 찾고 있었다. 호기심이 발동한 제우스는 나무꾼으로 변장하고 지상으로 내려와 나무꾼에게 다가갔다.

"나야 떠도는 몸이니 이런 낯선 곳까지 오게 되었소만, 당신은 무슨 연고로 이 살을 에는 추운 밤에 숲을 헤매고 계시오?" 변장한 제우스가 나무꾼에게 물었다.

"글쎄, 바보 같은 마누라쟁이가 이 근처에서 결혼반지를 잃어버렸다지 뭐겠소. 순금이라 값이 꽤 나가는 물건인데, 그걸 잃어버렸으니 애간장이 다 녹을 지경이오."

"하지만 이 험한 밤중에 집에 홀로 남겨진 아내 걱정은 안 되시오?" 제우스가 물었다.

"마침 근처에 사는 착한 양치기가 고맙게도 내가 돌아올 때까지 아내와 함께 있어준다고 했소." 나무꾼이 걱정 없다는 듯 대답했다.

"서둘러 돌아가는 게 좋을 거요." 제우스가 충고했다. "날이 밝은 후에 찾아도 될 하찮은 물건 때문에 집 안에 있는 더 귀중한 물건을 잃어버릴 수도 있다오."

"사람을 잘못 보셨소." 나무꾼이 대답했다. "난 그저 가난한 나무꾼이라오. 값나가는 물건이라야 그 반지 하나가 고작이오. 도끼라면 또 모를까."

제우스는 다시 올림포스 산으로 돌아가고 나무꾼은 다시 반지를 찾기 시작했다. 먼동이 틀 무렵 마침내 반지를 찾은 나무꾼은 집으로 돌아왔다. 물론 도끼도 아무 탈 없이 제자리에 놓여 있었다.

● 교훈 : 사고는 그리 쉽게 일어나지 않는다.

15. 꼬리를 잃어버린 여우

덫에 걸린 여우 한 마리가 필사적으로 탈출을 시도하다 그만 꼬리가 뭉텅 잘리고 말았다. 한동안 두문불출 동굴 속에서 홀로 지내던 여우는 상처가 아문 뒤에도 도무지 무리 속으로 돌아갈 마음이 생기지 않았다.

"꼬리가 없는 날 보고 비웃을 게 분명해." 여우가 혼잣말로 중얼거렸다. "나만 꼬리가 잘린 채 살아가는 건 너무 비참해. 무슨 좋은 수가 없을까?"

많은 생각 끝에 한 가지 묘안을 짜낸 여우가 의기양양하게 무리를 향해 걸어갔다.

"너 그동안 어디 있었어?" 여우를 본 친구들이 물었다.

"성형수술을 좀 했지." 여우는 그렇게 대답하고 몸을 돌려 친구들에게 꼬리가 잘린 모습을 보여주었다. "돈도 꽤 많이 들고 고통도 심했지만, 그래도 끝까지 견뎌낸 내 용기가 자랑스러워."

어째서 그런 희한한 수술을 받았는지 친구들이 의아해하자 여우가 교활하게 대답했다. "꼬리는 유행도 한참 지났을 뿐만 아니라 아무짝에도 쓸모가 없는 물건이야. 괜히 꼬리를 달고 다니면 여름엔 덥고 겨울엔 추위만 더 타게 돼. 이나 벼룩, 진드기 같은 놈들이 살기에도 딱 좋잖아. 게다가 적에게 쫓길 때가 가장 큰 문제야. 무겁고 거추장스러운 꼬리 때문에 잘 뛰지도 못할 뿐더러 사냥꾼이나 개들이 붙잡기 딱 좋은 손잡이 구실까지 하거든. 한마디로 꼬리는 보기에도 안 좋고, 위생에도 안 좋고, 생명에도 위협이 돼."

논리 정연한 여우의 설명에 마음이 움직인 친구들은 자기들도 꼬리를 자르는 게 좋겠다고 생각했다. 그때 늙은 여우 한 마리가 나섰다. "자네 말이 모두 사실일 수도 있지만 암컷들이 꼬리 잘린 우리를 좋아할까?"

이 한마디에 여우들은 마음을 고쳐먹고 꼬리를 자르지 않았다.

● 교훈 : 성에도 약간의 광고가 필요하다.

16. 해와 바람

자신의 밝은 성격에 자부심을 느끼고 있던 해가 북풍과 말싸움을 벌였
다. 하지만 북풍 역시 해와 상반되는 자신의 성격을 자랑거리로 삼고
있었다. 해는 자신의 따스하고 다정한 성격이 널리 세간의 칭송을 받는
다고 자랑했고, 북풍은 모든 이들이 자신의 막강하고 격렬한 힘을 숭배
한다고 주장했다.

해는 승부를 가리기 위해 시합을 제안했다. 누가 밭에서 일하고 있는
농부의 겉옷을 벗길 수 있는지 시험해보자는 것이었다. 북풍이 먼저 나
섰다. 하지만 차갑고 매서운 북풍이 거세질수록 농부는 옷깃을 더 꽁꽁
여밀 뿐이었다.

다음에는 해가 따스한 햇살을 내리쬐기 시작했다. "거 날씬 한번 변덕

스럽네." 농부는 투덜거리며 겉옷을 벗었고 승리는 해에게 돌아갔다.

해가 그거 보란 듯 흡족한 웃음을 터뜨리자 북풍이 말했다. "잠깐, 내가 진 건 인정하지. 그렇다면 이번엔 누가 저 농부의 옷을 다시 입힐 수 있을지 한번 볼까?"

"깨끗하게 인정하면 될 것을 자네도 좀 딱하이." 해가 자신 있게 말했다. "어쨌든 좋아. 도전이라면 언제든 받아주지."

해가 다시 뜨거운 햇볕을 내리쪼였다. 하지만 농부는 흘러내리는 땀 때문에 셔츠까지 벗어부치고 계속 일했다.

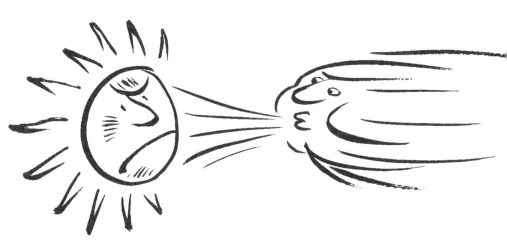

이번에는 북풍이 차가운 바람을 일으켰다. "변덕스러운 게 봄 날씨라더니, 나 원 참……." 농부는 몸을 떨며 셔츠와 겉옷을 도로 주워 입었다.

해는 예상치 못한 패배에 몹시도 속이 쓰렸지만 자신의 성격이 좋다고 자랑해놓은 터라 더 이상 토를 달지 않고 입을 다물었다. 이렇게 자기 성질을 억누른 것이 화근이 되어 이튿날 심인성 두드러기가 생기더니, 결국 그것이 거대한 태양의 흑점이 되고 말았다.

● 교훈 : 성질을 극복하는 최선의 방법은 성질을 부리는 것.

17. 사자와 승냥이와 여우

무슨 운명의 장난인지 사자와 승냥이가 절친한 친구 사이가 되었다. 사자가 큰 병이 들어 앓아눕자 몹시 걱정스러워진 승냥이는 급히 동물들을 찾아가 사자가 많이 아프니 성의껏 마련한 선물을 들고 병문안을 오라고 일렀다.

숲 속의 크고 작은 동물들은 모두 승냥이의 말에 따라 사자를 찾아가 쾌유를 빌었다. 그런데 유독 여우만 그 자리에 나타나지 않았다. 괘씸한 생각이 든 승냥이는 사자에게 이렇게 말했다. "여우란 놈이 아무리 무심하기로서니 백수의 왕께서 편찮으시다는데 코빼기라도 비쳐야 예의가 아닌가 말이야. 이건 참을 수 없는 모욕이야."

이처럼 지나친 염려는 사자에 대한 승냥이의 무의식적 적대감의 표현

이지만 사자 자신은 그 사실을 알 리 없었다. 정작 승냥이의 본심은 여우를 해치기보다 사자의 심기를 어지럽히는 데 있었다. 화가 난 사자는 승냥이로 하여금 당장 여우를 잡아다 자기 앞에 대령토록 했다.

사자 앞에 끌려온 여우가 이내 사태의 추이를 파악하고는 이렇게 말했다. "방문이 늦어진 건 대단히 송구스럽지만 저는 나름대로 사자님을 위해 최선을 다하고 있었습니다. 저는 값싼 위로의 말이나 보잘것없는 선물로 누구의 환심을 사려고 하는 동물이 아닙니다. 사실 그동안 용하다는 의원을 찾아 백방으로 수소문을 하고 다녔더랬지요. 마침내 영험한 처방을 받아 기쁜 마음으로 달려오는 중에 승냥이를 만나게 된 거랍니다."

"저런 기특할 데가 있나!" 사자가 크게 기뻐하며 소리쳤다. "그럼 이제 그 영험한 처방이 무엇인지 말해보게. 한시라도 빨리 털고 일어나야지."

"글쎄요. 좀 이상하게 들리겠지만 용한 의원이 꼭 낫는다고 장담한 처방이니 믿으셔도 될 겁니다." 여우는 계속 말을 이었다. "간단합니다. 살아 있는 승냥이를 푹 고아서 그 육수를 들이켜면 된다고 하더군요."

그간의 우정을 봐서라도 다시 한 번만 생각해달라는 친구의 간청도 무시한 채 사자는 승냥이를 통에 넣고 삶기 시작했다.

● 교훈 : 친구란 아직 행동을 개시하지 않은 적일 뿐.

18. 개미와 베짱이

여름과 가을에 먹을 것을 저장해두지 않았던 베짱이는 겨울이 닥치자 배가 몹시 고파졌다. 생각다 못한 베짱이는 개미를 찾아가 먹을 것을 구걸하기로 마음먹었다.

문지기 개미는 베짱이를 그냥 돌려보내려 했다. "그러게 우리처럼 열심히 일했으면 굶지 않잖아." 개미가 말했다. "시절 좋을 땐 귀에 거슬리는 깽깽이로 허송세월하면서 열심히 일하는 우릴 비웃기나 한 주제에."

"적선하기 싫으면 관두시오만, 섣불리 내 음악을 판단하진 마시오." 베짱이가 말했다. "당신 귀에는 그저 '찍' 하고 단순하게 들리는 소리도 알고 보면 세 개의 음을 단숨에 켜 올린 완벽한 주법이란 말이외다. 각 음의 길이는 정확히 50분의 1초, 그 사이사이엔 또 그만큼의 휴지가 있

소. 피아노보다 한 옥타브 높은 음역을 연주하면서도 10분의 1초 오차 안에서 한 곡을 마무리한단 말이오."

"당신이 연주의 대가인지는 모르겠소만, 그따위 음악을 대체 어디다 써먹는단 말이오." 개미가 대답했다. "차라리 그 시간에 밀알이나 보리 이삭을 줍는 게 훨씬 나을 거요."

"난 내 음악을 통해 독창적이면서도 과학적인 측정 체계를 완성했소." 베짱이의 설명이 이어졌다. "당신이 현재의 기온을 알고 싶다면 내가 1분 동안 연주하는 음의 개수를 4로 나눈 뒤 거기에 40을 더해보시오. 그게 바로 정확히 현재의 화씨온도요."

"그거 참 신기하군." 개미가 대답했다. "하지만 바이올린으로 일기예보를 한다고 먹을 게 나오는 건 아니잖소."

"그러는 당신들은 내세울 만한 거라도 있소?" 화가 난 베짱이가 다그쳤다. "저만 먹겠다고 광에다 먹을 걸 잔뜩 쌓아두면 장땡이오?"

개미도 지지 않았다. "당신이야말로 지식과 쾌락만 추구하는 어리석은 이기주의자야. 하지만 우리 개미들은 만물의 영장이라고 하는 인간보다 나으면 나았지 절대 못지않은 존재라고. 우린 인간보다 수도 많고, 사회조직도 인간세계 못지않게 복잡해. 게다가 우리 역사는 그들의 역사보다 훨씬 오래됐지. 인간들이 불도 없이 동굴에서 떨고 있을 때 우리는 이미 땅속에서 농장을 일구고 진딧물의 젖을 짰단 말일세."

"본능에 따라 사는 거야 누구든 못할까." 베짱이가 맞받아쳤다. "감히 인간과 비교하다니 정신이 어떻게 된 모양이구려. 인간은 생각을 할 수 있는 존재라오."

"거 말씀 한번 잘하셨소이다." 개미가 말했다. "이 지구상에서 인류에 필적할 만한 피조물은 우리 개미들뿐이오. 우린 정기적으로 전쟁을 일으켜 동족을 살상하는데, 그로 인한 사상자의 수가 천적들에게 당하는 것보다 훨씬 많소. 또 피부색이 다를 경우엔 같은 개미라도 가차 없이 노예로 삼아버리지. 전쟁과 노예제도보다 더 훌륭한 인간의 발명품을 본 일이 있소?"

반박의 여지가 없는 개미의 주장에 말문이 막힌 베짱이는 조용히 그 자리를 떠났다. 얼마 후 베짱이는 추위와 배고픔 속에서 죽음을 맞았고, 개미들은 그 사체를 집으로 끌고 가 마음껏 배를 채웠다.

●교훈 : 겨울이 왔으니 봄도 그만큼 가까워졌다는 것은 거짓말이다.

19. 술탄과 환관

한 귀족 청년이 술탄의 궁정에서 우연히 가장 나이 어리고 아름다운 후궁을 보고 첫눈에 사랑에 빠졌다. 청년은 주도면밀한 계획 끝에 그 후궁을 만나는 데까지는 성공했지만 하렘을 관리하는 환관에게 그만 현장을 들키고 말았다.

"근위대를 부르기 전에 이 반지가 마음에 드는지 한번 봐주시오." 청년은 그렇게 말하고 자신의 손가락에서 커다란 루비 반지를 빼어 내놓았다.

"나는 내 직무에 충실할 따름일세." 환관의 대답은 단호했다.

뇌물을 거부당하자 청년은 환관의 동정심에 호소하기 시작했다. "술탄께서는 필시 나를 펄펄 끓는 기름에 처넣을 텐데, 앞길이 구만리 같은 인생을 이런 식으로 끝장내면 두고두고 마음이 편치 않을 거요."

"자네가 자초한 일인데 누굴 탓하겠나." 환관의 대답은 싸늘하기만 했다.

청년은 어떻게든 자신의 죄를 줄여보려고 안간힘을 다했다. "이 여인은 당신에게 전혀 쓸모가 없지 않소. 술탄께서도 가뭄에 콩 나듯 찾아주실 뿐, 그도 아니면 전혀 쓸모가 없는 여인을 내가 좀 탐했기로서니 그게 그렇게 큰 죄란 말이오?"

그 말에 화가 난 환관은 근위대를 불러 청년을 술탄 앞으로 끌고 갔다. 자초지종을 듣고 난 술탄이 한숨을 내쉬며 말했다. "한 여인을 위해 목

숨을 바칠 수 있는 패기와 젊음을 되찾을 수만 있다면 내가 가진 모든 것을 줘도 아깝지 않으련만⋯⋯." 용감했던 자신의 젊은 시절을 회상하며 마음이 누그러진 술탄은 청년을 풀어주었을 뿐만 아니라 그 후궁을 선물로 하사하고 멀리 떨어진 비옥한 땅을 떼어주어 다스리게 했다.

하지만 술탄의 감상적인 자비에 배알이 뒤틀린 환관은 그 즉시 할렘 관리직을 박차고 나가 저잣거리에 잡화상을 열었다. 여성용 향수와 화장품, 사랑의 묘약 등이 날개 돋친 듯 팔려나간 덕분에 환관은 곧 술탄만큼 큰 부자가 되었다.

●교훈 : 때로는 심술도 보약이다.

20. 늑대와 당나귀

초원에서 풀을 뜯고 있던 당나귀가 자기 코앞까지 슬금슬금 다가온 늑대를 보고 소스라치게 놀랐다. 영민한 당나귀는 짐짓 늑대를 못 본 척하고 다리까지 절룩거리며 절름발이 시늉을 했다.

'옳다구나' 싶어진 늑대가 이젠 아예 대놓고 당나귀에게 달려들었다. "왜 안 달아나지?" 늑대가 물었다. "잡아먹히는 게 무섭지도 않아?"

"물론 나야 도망가고 싶지." 당나귀가 대답했다. "하지만 발에 큰 가시가 박혀서 한 발짝도 떼기 힘들어. 날 잡아먹고 싶다면 이 가시부터 빼주는 게 좋을 거야. 그래야 너도 목에 가시가 안 걸리지."

"그럼 발을 들어봐." 늑대는 당나귀의 발굽에 얼굴을 들이대고 열심히

가시를 찾았다. 그 기회를 놓칠세라 당나귀가 있는 힘을 다해 늑대의
머리통을 걷어찼다. 늑대는 그 자리에서 즉사하고 말았다.

●교훈 : 요즘 세상에 자선가는 별로 남아 있지 않다.

21. 도끼를 잃어버린 나무꾼

강둑에서 나무를 하던 나무꾼이 너무 힘을 쓰는 바람에 도끼가 손에서 빠져나가 강물에 빠지고 말았다. 너무 가난해서 새 도끼를 살 수 없었던 나무꾼은 자신의 신세를 한탄하며 유일한 생계 수단을 잃어버린 슬픔에 소리 내어 울기 시작했다.

그때 헤르메스 신이 강둑에 나타나 나무꾼이 슬피 우는 까닭을 물었다. 소박한 나무꾼의 사연을 듣고 측은한 마음이 든 헤르메스는 강물로 뛰어들어 금도끼를 들고 다시 나타났다. "울음을 그치거라. 네 도끼를 찾아왔느니라."

"아닙니다." 나무꾼이 대답했다. "그건 금으로 만든 도끼인데, 어찌 제 원래 도끼를 따라올 수 있겠습니까. 날이 너무 물러 참나무는커녕 소나무도 못 쓰러뜨리겠네요."

헤르메스가 다시 강물로 뛰어들어 이번에는 은도끼를 들고 나왔다. "진짜 네 도끼를 찾아왔다. 이젠 됐겠지?" 헤르메스가 말했다.

"그것도 제 도끼가 아닙니다." 나무꾼이 고개를 가로저었다. "제 도끼는 무쇠로 만든 거라 날이 더 예리하답니다."

헤르메스는 또 한 번 물속으로 들어가 이번에는 나무꾼의 진짜 도끼를 가지고 나왔다.

"예, 바로 그겁니다." 그때서야 표정이 밝아진 나무꾼은 헤르메스에게 수없이 머리를 조아리며 감사의 뜻을 표했다.

나무꾼의 착한 심성에 감복한 헤르메스가 말했다. "정직은 보답을 받아야 하지. 금도끼와 은도끼도 네게 줄 터이니 가져가거라."

나무꾼은 기쁨을 주체하지 못하고 한달음에 집으로 돌아가 아내와 동네 사람들에게 세 자루의 도끼를 보여주며 헤르메스 신의 선물이라고 얘기했다. 그 이야기를 들은 이웃 사람들 중 한 명이 자기도 횡재를 해보겠다는 심산으로 그 강에 갖고 간 도끼를 던졌다. 그러고는 자리에 주저앉아 거짓 눈물을 흘리고 있었다.

눈 깜짝할 사이에 헤르메스가 나타났다. "도끼 하나로 처자식을 먹여 살리는 형편이온데, 글쎄 그걸 강물에 빠뜨리고 말았지 뭡니까. 제발 저를 불쌍히 여기시어 제 도끼를 찾아주소서." 거짓말쟁이가 간청했다.

이에 헤르메스는 자신의 실수를 깨달았다. 이제 그리스의 나무꾼들이 모두 몰려와 제 도끼를 찾아달라고 아우성을 칠 텐데, 그렇게 되면 신으로서의 임무를 수행할 수 없을 뿐 아니라 올림포스 산에서의 휴식은 꿈도 못 꾸게 될 노릇이었다. 헤르메스가 냉정하게 잘라 말했다. "행색을 보아하니 그대는 도끼를 찾으면서 강물에 몸을 좀 씻는 것도 좋을 성싶구나."

● 교훈 : 정직은 다만 기회를 놓치는 지름길일 뿐이다.

22. 외눈박이 사슴

사슴 한 마리가 사냥꾼이 쏜 화살에 맞아 한쪽 눈이 멀고 말았다. "이 제 바닷가에서만 풀을 먹어야겠어." 사슴이 혼잣말로 중얼거렸다. "눈 이 먼 쪽은 바다를 향하고 성한 눈으로 숲 쪽을 감시하면 안전할 거 야." 사슴은 그렇게 해변에서 풀을 뜯으며 숲 쪽만 경계했다.

그런데 고기를 잡던 어부들이 사슴을 발견하고 해변 쪽으로 뱃머리를 돌렸다. 어부들이 살금살금 다가갔지만 한쪽 눈이 먼 사슴은 그 사실을 알 리가 없었다. 그날 저녁, 어부들은 청어 대신 사슴고기로 배를 채울 수 있었다.

●교훈 : 도망치는 자는 언젠가 붙잡히게 마련이다.

23. 늑대와 새끼 양

굶주린 늑대 한 마리가 강가에서 목을 축이고 있는 새끼 양을 만났다. 그냥 잡아먹기에는 왠지 양심에 찔렸는지 늑대는 뭔가 그럴듯한 구실을 만들어내고 싶어졌다.

늑대는 양이 강물을 진흙탕으로 흐려놓아 자기는 물을 마실 수 없게 되었다고 나무랐다. "그럴 리가요." 아무것도 모르는 철부지 양이 건방지게 대꾸했다. "아저씨가 있는 쪽이 상류잖아요. 물은 그쪽에서 이쪽으로 흐른다고요."

"좋아." 늑대가 말했다. "그건 그렇다 치고 넌 죽은 자에 대한 공경심이 털끝만큼도 없더구나. 작년에 넌 사냥꾼의 흉탄에 돌아가신 우리 아버지를 조롱했어."

꽁지가 빠지게 달아나도 모자랄 판에 새끼 양은 어리석게도 꼬박꼬박 늑대의 말을 받고 있었다. "그게 무슨 말씀이에요? 작년에 전 태어나지도 않았어요." 새끼 양이 억울하다는 듯 쏘아붙였다.

"넌 공유지에서 다른 양들과 함께 풀을 뜯고 있어. 신성한 사유재산제도를 뒤엎으려는 공산주의자가 아니면 할 수 없는 짓이지." 늑대는 슬슬 치미는 부아를 참기 힘들어졌다.

"우리 엄마 아빠는 반공연맹 회원이에요. 나도 크면 거기 가입할 거고요." 새끼 양이 으쓱해져서 말했다.

"저만 잘난 위선자는 정말 봐주기 힘들군." 늑대가 말했다. "너처럼 잘난 척하는 녀석이 사라지면 세상은 훨씬 더 살기 좋아질 거야." 말을 마친 늑대는 새끼 양을 덮쳐 통째로 집어삼켰다. 양심의 가책으로 인한 소화불량 같은 건 전혀 없었다.

● 교훈 : 이유나 구실은 자신을 속이기 위해 남에게 하는 말이다.

24. 양치기와 새끼 늑대

어느 험한 바위산 기슭에서 한 양치기가 어미를 잃은 새끼 늑대들을 발견했다. 양치기는 새끼들을 잘 길러 양을 지키는 데 써먹어야겠다고 생각했다.

양치기는 새끼 늑대들을 잘 먹이고 자기 명령에 따르도록 꾸준히 훈련 시켰다. 양들을 놀라게 했을 때는 매질을 하고 착한 짓을 하면 먹을 것을 주었다. 그렇게 몇 달이 지나자 마침내 훈련의 성과가 나타나는 듯했다.

어느 날 양치기는 늑대들에게 양떼를 맡겨두고 읍내로 내려가 자신이 훈련시킨 늑대를 살 사람을 물색했다. 그런데 이게 무슨 날벼락인가. 양치기가 구매 희망자들과 함께 돌아와보니 늑대들이 주인이 없는 틈을 타 양들을 모두 잡아먹어버린 게 아닌가.

● 교훈 : 말을 물가에 끌어다 놓아보라. 물을 안 먹고 배기겠는가?

25. 조각가와 아프로디테

조각가가 여인상 하나를 제작했다. 그런데 그 모습이 얼마나 아름다웠던지 조각가는 그만 자신의 작품과 사랑에 빠지고 말았다. 조각가는 다른 일은 다 접어둔 채 밤이나 낮이나 그 여인상만 바라보며 번민과 열정에 휩싸여 있었다. 이 세상의 여인들 따위는 더 이상 눈에 차지 않게 된 조각가는 자신의 대리석상을 인간으로 만들어달라고 사랑의 여신 아프로디테에게 간절히 빌었다.

조각가의 절망적인 사랑을 측은히 여긴 아프로디테는 그의 기도에 응답하여 조각상에 생명을 불어넣었다. 기쁨에 도취된 조각가는 아프로디테에게 무한한 감사의 기도를 올렸다.

하지만 조각가는 인간의 모습 안에서 자신이 만들어낸 아름다움을 그

대로 보존하는 것이 지극히 어려운 일임을 깨달았다. "밖에 나가지 말고 집 안에만 있도록 하시오." 조각가는 자신이 숭배해 마지않는 여인에게 명령했다. "대리석처럼 창백한 그대의 두 뺨이 따가운 햇볕에 그을릴까 두렵소. 차가운 밤바람은 내가 그대에게 선사한 매끄러운 피부를 까칠하게 만들 것이오."

그것으로도 부족했던지 조각가는 여인이 먹고 마시는 것조차 두고 보지 못했다. "이제 그만 드시오!" 가련한 여인이 뭐든 한입 베어 물기가 무섭게 조각가는 그렇게 소리쳤다. "내가 조각한 게 세상에서 제일 아름다운 여인이 아니라 고작 허기진 돼지였단 말이오? 그렇게 먹고 살이 찌면 내 천재성으로 빚어낸 완벽한 조화와 균형, 절묘한 기품이 하루아침에 박살난단 말이오."

조각가는 자신이 창조해낸 아름다움을 지키기 위해 어떠한 희생도 마다하지 않았다. 여인은 감자 껍질을 벗길 수도 없었고, 설거지를 할 수도 없었고, 바닥 청소를 할 수도 없었다. 집안일은 모두 조각가 혼자 도맡아 했다.

상황이 이렇게 되자 여인은 자신을 만들어준 주인과 살아가는 것이 전혀 즐겁지 않았다. 여인이 아프로디테에게 기도했다. "그가 사랑하는 건 내가 아니라 자신이 만든 작품이랍니다. 그러니 저를 다시 예전의 조각상으로 돌아가게 해주세요." 아프로디테는 슬기롭게 이 소원을 들어주어 양쪽 모두의 불만을 해소했다.

● 교훈 : 사랑에 정을 대고 쪼기보다는 대리석에 칼을 대고 새기기가 더 쉽다.

26. 병사와 군마

아테네 병사가 준마 한 필을 갖고 있었다. 그 말은 뛰어난 힘과 스피드로 전쟁터에서 주인을 다치게 하는 일이 없었다. 병사 역시 말을 극진히 위하고 자랑스럽게 여겼다. 반드시 보리와 물로 말을 배불리 먹인 후에야 자기 식사에 손을 댈 정도였다. 매일 털을 손질해주고 상처가 나면 잊지 않고 고약을 발라주었다.

그런데 전쟁이 끝나자 병사는 말을 밭으로 내몰아 일을 시켰다. 말은 쟁기질을 하고, 거대한 바위를 나르고, 무거운 짐마차를 끌어야 했다. 그렇게 힘든 일을 시키면서도 먹이는 왕겨와 짚이 고작이었다.

그리고 다시 전쟁이 터졌다. 병사가 무장을 하고 다시 한 번 말에 올라탔다. 하지만 탈진한 말은 걸음을 뗄 때마다 비틀거렸다. 주인이 나무라자 말이 되물었다. "내가 군마처럼 달리길 원하는 분이 왜 절 농장의 당나귀처럼 취급하셨나요?"

● 교훈 : 아내에게 바치는 정성을 아내가 모르게 하라.

27. 비버와 장모

약간 몽상가적 기질은 있지만 나름대로 팔팔하고 이빨도 튼실한 비버 한 마리가 장가를 들었다. 비록 장모가 인근에서 알아주는 개차반 같은 성격이었지만 눈에 넣어도 안 아플 만큼 어여쁜 새색시를 낳아준 어머 니인지라 사위는 어떻게든 장모와 잘 지내보려 애썼다. 하지만 진심 어 린 사위의 노력에도 불구하고 장모의 성질은 조금도 누그러지지 않았 다. 틈만 나면 동네 비버들 앞에서 사위 험담을 늘어놓고, 딸이 미처 알 아내지도 못한 사위의 허물까지 미주알고주알 들춰냈다. 행여 부부가 다투기라도 하는 날엔 장모가 어김없이 나서서 날건달한테 아까운 청 춘 바치지 말고 하루빨리 헤어지라고 딸을 꼬드기곤 했다.

하루는 남편 비버가 심한 독감에 걸려 몸져눕게 되었다. 아내는 몸이 아픈 남편을 혼자 집에 남겨두는 게 못내 마음에 걸렸지만 긴급 댐 보수공사에 동원된 터라 어쩔 수가 없었다. "엄마한테 들러서 간호를 부탁할 테니 걱정 말아요." 걱정이 된 아내가 집을 나서며 말했다.

그 말을 들은 남편은 제발 혼자 있게 내버려두라고 아내에게 사정했다. 그러자 아내가 대답했다. "당신이 왜 그렇게 엄마를 싫어하는지 모르겠어요. 엄마가 당신을 얼마나 아끼는데. 당신도 얼른 마음을 돌려 엄마랑 잘 지내도록 애써봐요." 결국 사위가 아프다는 소식이 장모의 귀에 들어갔다.

장모는 집에 들어서기가 무섭게 악담을 퍼부었다. "이런 천하의 놈팡이 같으니! 마누라는 다른 비버들이랑 댐 고치느라 허리가 휘는데 저 혼자 느긋하게 퍼질러졌구먼." 하지만 사위의 이마를 짚어본 장모는 안색이 바뀌었다. "이런, 자네 꾀병이 아니었구먼. 불쌍한 내 사위. 가슴에 향나무 수액을 좀 발라줌세. 울혈이 가라앉을 거야. 부끄러워 말게. 사위 장모 사이에 뭘 그리 어려워하나."

장모는 사위의 가슴에 향나무 수액을 바르기 시작했다. 처음엔 긴가민가했지만 사위는 치료의 손길이 차츰 유혹의 손길로 바뀌고 있음을 알아차렸다. 소리를 지르자니 동네 창피한 일이었고, 또 한편으로 생각하니 나이 지긋한 여심에 불을 지핀 자신이 자랑스러워 사위는 장모의 유혹에 그만 굴복하고 말았다. 비버의 독감은 꼬박 열흘이나 지속되었고, 물론 그동안 장모는 사위 곁을 떠나지 않았다.

병이 완쾌되자 사위와 장모 사이가 너무나 좋아졌고, 이 급격한 변화에 아내와 장인은 어리둥절했다. 하지만 직감적으로 뭔가 잘못됐다는 걸 깨달은 아내는 남편과 자기 엄마가 너무 가까워지는 게 못마땅했다.

● 교훈 : 장모를 미워하라. 두 집안이 행복해진다.

28. 개구리의 왕

쾌적한 연못에 살면서도 정서적 불안을 느끼는 개구리들이 있었다. 그들에게는 이상적인 아버지 상이 없기 때문이었다. 개구리들은 제우스에게 대표단을 보내 자신들의 왕을 찾아달라고 탄원했다.

그들의 말에 일리가 있다고 생각한 제우스가 연못에 커다란 통나무 하나를 떨어뜨려주며 말했다. "그 통나무가 이제부터 너희의 왕이니라. 정성으로 떠받들면 평화가 함께하리라." 처음에는 개구리들도 무척 기뻤다. 통나무는 일광욕을 즐기기에 더없이 좋은 자리였을 뿐만 아니라, 그 주위로 온갖 벌레들이 모여들어 먹이도 풍족해졌다.

하지만 시간이 지나도 통나무는 아무 말이 없었고 움직이지도 않았다. 젊은 개구리들은 그런 통나무를 비웃고 경멸하기 시작했지만, 통나무

는 한결같이 묵묵부답 아무런 반응이 없었다. 불경죄를 저질렀는데도 처벌을 받지 않았다는 죄책감에 개구리들은 더욱더 통나무를 향해 짜증을 부렸다.

개구리 대표단은 다시 한 번 제우스 앞에 나아가 불만을 토로했다. 자신의 판단에 불평을 늘어놓는 개구리들을 괘씸히 여긴 제우스는 커다란 물뱀 한 마리를 연못에 풀어놓았다.

식욕이 왕성한 물뱀은 연못의 개구리들을 모조리 잡아먹고 다녔다. 개구리들은 뱀의 먹이가 되면서도 모두 행복한 죽음을 맞았더란다.

● 교훈 : 개구리가 인간보다 현명하랴.

29. 참나무와 갈대

참나무 한 그루가 자신의 강인함을 자랑하며 근처의 갈대들을 비웃었다. 갈대는 조금만 바람이 살랑거려도 고개를 숙인다는 것이었다. 참나무가 그렇게 자기의 튼튼한 줄기와 굳건한 뿌리를 자랑하는 동안 갑자기 돌풍이 일었다. 거센 바람에 맞서던 참나무는 뿌리가 뽑히며 바닥에 쓰러지고 말았다.

그 모양을 지켜본 갈대들이 저마다 한마디씩 보태며 어깨를 으쓱이고 있는데, 쓰러진 참나무 주위로 아이들이 몰려들었다. 아이들은 장난삼아 갈대를 한 움큼씩 뽑아서 이리저리 던져댔고, 버려진 갈대들은 뜨거운 햇볕 아래서 서서히 말라죽어갔다.

● 교훈 : 오늘날 그나마 안전을 보장해주는 것이라곤 사회보장제도뿐이다.

30. 노부부의 사랑

서로를 극진히 사랑하고 주위 사람들에게도 온정을 아끼지 않는 노부부가 있었다. 이 소문을 들은 헤르메스 신이 남루한 나그네로 변장하고 노부부의 오두막을 찾았다. 마침 남편은 채석장에 일을 나가고 없었지만 노파는 손님을 반가이 맞았다. 노파는 즉시 대야에 물을 떠와 손님이 발을 씻고 기운을 차릴 수 있도록 배려했다.

양식이라야 부부가 먹기에도 빠듯한 형편이었지만 노파는 마지막으로 남은 우유와 빵을 기꺼이 손님 식탁에 차려냈다. 헤르메스가 걸신들린 듯 음식을 먹어치워도 노파는 싫은 내색 한 번 없이 오히려 대접이 변변치 못해 미안하다고 사과까지 하는 것이었다.

노부부에 대한 평판이 헛된 것이 아니라고 생각한 헤르메스는 자신의

신령스런 본모습을 드러냈다. 놀라서 눈이 휘둥그레진 노파를 향해 헤르메스가 말했다. "나는 그대들에게 상을 내리러 왔노라. 황금을 원하느냐? 아니면 너희 땅을 아티카에서 제일가는 옥토로 만들어주련?"

한참을 생각하던 노파가 고개를 저으며 말했다. "아닙니다. 가진 거야 이만하면 족하죠. 다만 제가 우리 영감보다 먼저 이 세상을 떴으면 합니다. 영감 없이 산다는 건 견딜 수 없으니까요."

"그렇다면 그대를 다시 젊고 아름다운 처녀로 만들어주는 건 어떻겠느냐?" 헤르메스가 물었다.

"싫습니다. 그저 영감보다 오래 살지만 않도록 해주십시오." 노파가 대답했다.

"그대의 소원대로 될지어다." 그 말과 함께 헤르메스는 온데간데없이 사라졌다.

노파는 남편에게 헤르메스가 다녀갔다는 사실을 일체 말하지 않았다. 하지만 자기 없이 남편이 어떻게 살아갈지 걱정스러워진 노파는 자기가 세상을 뜨고 나면 꼭 새장가를 들라고 당부에 당부를 거듭했다.

그러나 노인은 언제나처럼 이렇게 대답했다. "임자는 아직 정정한데 뭘 벌써부터 그런 소릴 하고 야단이야. 내가 이 나이에 생판 모르는 여자를 집에 들여야겠어? 더구나 나 같은 늙은이를 어떤 여자가 좋아하나."

"자상한 남편과 아담한 농장이라면 시집올 여자야 지천에 널렸지." 노파는 지지 않고 대답했다. "영감한테는 돌봐줄 사람이 있어야 돼. 제때 밥은 누가 챙겨주며, 뙤약볕 아래서 일할 때 누가 시원한 샘물을 길어다주겠수?"

하루가 멀다 하고 이어지는 노파의 성화에 시달리다 못한 노인은 결국 재혼에 동의하고 말았다. 그러자 노파에게는 또 다른 걱정거리가 생겼다. 한참을 골똘히 생각하던 노파가 남편에게 가서 말했다. "아무래도 유언장을 작성하기 전엔 편하게 눈을 못 감겠수. 어서 읍내에 가서 서기를 데려와요."

"유언장이라니!" 노인이 펄쩍 뛰었다. 늙은 아내가 망령이 났나 싶었다. "임자, 당신이 물려줄 거라곤 냄비하고 프라이팬 몇 개가 고작이잖소." 하지만 노인은 아내의 고집을 꺾을 수 없었다.

서기와 단둘이 마주 앉은 노파가 말했다. "몽땅 우리 영감 앞으로 남길 거요. 욕심 사나운 친척들 몫은 하나도 없수. 그리고 저 착한 양반이 새 장가를 들면 값나가는 물건은 모두 그 마누라 되는 여자한테 줄 거요. 페니키아 은 브로치, 청금석이 박힌 거북껍질 머리빗 세트, 결혼할 때 받은 금반지, 전부 물려줄 테니 그리 알고 잘 받아쓰슈."

서기가 집을 나서자마자 헤르메스가 노파 앞에 나타났다. "왜 거짓 유언을 했느냐?" 화가 난 신이 물었다. "그대는 가난한 농부의 아내가 아니냐. 있지도 않은 물건을 물려주겠다고 유언장을 작성하다니."

"그럼 어떡하나요?" 노파가 대답했다. "지조 없는 영감쟁이는 이미 새 장가를 들겠노라 약조를 해놓은 터이고, 이제 새 마누라가 될 여자는 그 보석들을 빨리 내놓으라고 영감을 들볶을 게 뻔하니 운이 좋으면 한 달 안에 저승사자가 우리 영감을 내가 있는 곳으로 데려와주겠죠."

● 교훈 : 사랑과 다이아몬드는 더러운 진흙 속에서 나온다.

31. 늑대와 황새

지지리도 물고기 잡는 재주가 없는 늑대가 하루는 강에서 용케 통통하게 살이 오른 연어 한 마리를 손에 넣었다. 그저 얼른 먹고 싶은 마음이 앞선 늑대는 허겁지겁 연어를 집어삼키다 그만 날카로운 가시가 목에 걸리고 말았다.

곧 죽을 것만 같은 고통 때문에 늑대는 사방으로 뛰어다니며 도움을 청했다. 하지만 늑대가 큰 사례를 하겠다고 약속해도 도와주는 이가 없었다. 마침내 늑대를 측은히 여긴 황새 한 마리가 나타났다.

황새는 긴 부리를 늑대의 목구멍에 집어넣어 가시를 빼냈다. 늑대가 다시 편안하게 숨을 쉴 수 있게 되자 황새는 약속된 사례를 요구했다. "물론 시시한 건 아니리라 믿네." 황새가 늑대에게 말했다. "정말 민감

하고 힘든 수술이었어. 내 장담하지만, 외과 전문의라도 이보다 더 잘할 순 없을 거야."

늑대의 대답은 이러했다. "친구여, 늑대의 입에 들어갔던 머리를 무사히 빼낸 것만으로도 충분하지 않은가? 그보다 큰 보상이 어디 있겠나."

애초에 늑대의 약속 같은 건 믿지 않았던지라 황새는 두말없이 그 자리를 떠나 훨훨 날아가버렸다. 늑대는 스스로 생각해도 제 꾀가 대견했던지 혼자서 즐거워했다.

그런데 불행히도 죽기 일보 직전에서 가까스로 살아난 늑대는 문득 유년 시절 어머니의 모습을 떠올렸다. 어머니는 자식들을 구하기 위해 사냥개들과 싸우다 목숨을 잃고 말았던 것이다. 늑대의 잠재의식은 황새에게서 일반적인 모성애의 전형을 보았고, 그것은 다시 자기 어머니의 형상과 겹쳐졌다.

죄의식에 사로잡힌 늑대는 급기야 불안신경증에 시달리게 되었다. 늑대의 노이로제 증세 중 하나는 심한 후두염이었다. 늑대는 고기는커녕 물 한 모금 제대로 삼킬 수 없었다. 늑대는 이 고통을 통해 양심의 가책을 덜 수 있었지만, 굶주림으로 인해 서서히 죽음을 맞아야 했다.

●교훈 : 적어도 자신에게만은 정직하라. 그래야 이 세상 누구라도 속일 수 있다.

32. 독수리와 궁수

사냥이라는 공통의 관심사 덕분에 독수리와 궁수가 둘도 없는 친구가 되었다. 독수리는 궁수를 위해 사냥감을 찾아주고, 궁수는 잡은 고기를 후하게 나눠주었다.

어느 날 궁수가 여태까지 볼 수 없었던 훌륭한 활과 화살을 만들었다. 궁수는 자기 작품을 자랑하고픈 마음에 서둘러 독수리에게 달려갔다. 새 활과 화살을 보고 독수리가 감탄사를 연발하자 궁수가 중얼거렸다. "이 화살에 걸맞은 깃털을 구할 수만 있다면……."

그 말을 들은 독수리는 자기 날개에서 깃털 한 줌을 뽑아주었다.

그로부터 얼마 후 궁수는 창공에서 원을 그리며 날고 있는 독수리를 보았다. 그것은 도저히 눈을 뗄 수 없는 매력적인 표적이었다. 궁수는 저도 모르게 활시위를 당겼고 눈 깜짝할 사이에 화살이 독수리의 가슴을 파고들었다. 독수리가 땅에 떨어져 죽자 궁수는 자신의 경솔함을 한탄할 수밖에 없었다.

●교훈 : 자기가 자기한테 입히는 상처야말로 치명적이다.

33. 사자와 농부

정서적으로 불안한 사자 한 마리가 자기는 농부의 딸을 사랑하고 있다
고 믿었다. 마음을 굳힌 사자는 농부를 찾아가 청혼을 허락해달라고 부
탁했다.

사자를 사위로 맞는 게 그리 달가운 일은 아니었지만 무시무시한 야수
의 성질을 건드릴 수는 없는지라 농부는 이렇게 둘러댔다. "그 날카로
운 이빨을 보면 딸아이가 기겁을 할 걸세. 솔직히 나도 좀 무서워. 정
청혼을 하고 싶거든 그 이빨부터 뽑고 오게나."

"평생 옥수수죽만 먹고 살게 되더라도 그렇게 하겠습니다!" 사랑에 눈

먼 사자가 소리쳤다. 얼마 후 이빨을 다 뽑아버린 사자가 다시 농장에 나타났다.

"기분이 좀 나쁠지는 모르겠지만, 다 자넬 위해 하는 말이니 새겨듣게." 농부가 말했다. "그렇게 무서운 발톱을 갖고 있어서야 어떻게 꽃다운 처녀의 가슴에 달콤한 연애 감정을 불러일으키겠나."

"발톱이 없으면 허전할 텐데……." 사자가 말했다. "하지만 뭐 그렇게 해서 일만 성사된다면야 당장 뽑아버리겠습니다."

사자는 그렇게 발톱까지 다 뽑아버리고 상처가 아무는 대로 농부를 다시 찾아갔다. 그러나 이빨도 발톱도 없는 사자는 농부의 곤봉에 흠씬 두들겨 맞고 문밖으로 쫓겨나고 말았다.

밀림으로 돌아온 사자를 보고 다른 사자들은 배꼽이 빠져라 웃어댔고, 심지어 생쥐들마저 마음 놓고 조롱을 일삼았다. 삶의 의욕을 상실한 사자는 절벽에서 악어들이 우글거리는 강물로 뛰어들어 스스로 목숨을 끊고 말았다.

● 교훈 : 공짜 충고는 비지떡이다.

34. 동물들의 재판관

끊임없는 생존경쟁에 지친 밀림의 동물들이 자신들의 분쟁을 평화롭게 해결해줄 재판관을 선출하기로 했다. 하지만 막상 무리 중에서 적임자를 뽑으려 하니 생각처럼 쉽지 않았다.

먼저 지혜롭기로 소문난 코끼리가 재판관으로 추대되었지만 당사자는 고개를 가로저었다. "난 마음이 너무 여려서 아무리 흉악무도한 범죄자라도 제대로 처벌할 수 없을 거야."

이번에는 동물들이 사자에게 눈을 돌렸다. 사자의 힘과 위엄은 재판관으로서 충분한 자질이었다. 하지만 사자도 극구 사양하며 말했다. "난 내가 하는 일도 옳고 그름을 잘 판단하지 못해. 하물며 남의 일이야 말해 뭐하겠나."

이번에는 학식이 높은 부엉이에게 모두의 시선이 쏠렸다. 하지만 부엉이는 이렇게 대답했다. "많이 아는 것도 병이라고, 난 세상일을 너무 복잡하게 생각하는 경향이 있어. 아무리 단순한 사건이라도 내 판결이 나오려면 3~4년은 족히 걸릴 거야."

상황이 이렇게 돌아가자 이때다 싶은 승냥이가 불쑥 나섰다. "나야말로 재판관으로서는 적임자지." 승냥이가 말했다. "난 마음이 여리지도 않고, 무식하게 힘만 세지도 않고, 너무 깊이 생각하지도 않아. 물론 내게는 돌봐야 할 식솔이 여럿이지만 사사로운 이익보다 공공의 복리를 위해 헌신할 각오가 되어 있어. 특별한 이견이 없다면 내가 그 일을 맡았으면 하는데."

마땅한 후보자가 나서지 않는 터라 동물들은 승냥이의 자질을 의심하면서도 마지못해 의견의 일치를 보았다. 하지만 유감스럽게도 재판관으로 부임한 승냥이는 밀려드는 소송은 본체만체하고 판사라는 직책의 위세를 과시하는 데만 정신을 팔았다.

동물들은 다시 중지를 모아 자기 직책에 좀 더 충실할 만한 후보를 찾았다. 하지만 이번에도 자격이 있다 싶은 동물들은 하나같이 뒷걸음질을 쳤다. 오직 남의 일에 참견하기 좋아하는 원숭이만 승냥이의 후임자가 되겠다고 나섰다. 동물들은 설마 승냥이보다야 못할까 싶어 원숭이를 재판관으로 선출했다.

그러나 원숭이의 판결이 얼마나 짓궂었던지 상황은 이전보다 악화되었다. 참다못한 동물들은 원숭이를 해임하고, 다시 승냥이를 그 자리에 앉혔다. 이런 식으로 동물들은 화가 날 때마다 원숭이와 승냥이를 번갈아가며 재판관으로 임명했다.

● 교훈 : 민주주의란 참으로 복잡한 제도다.

35. 당나귀와 애완견

한 떠돌이 행상이 장사를 마치고 돌아오면서 아내에게 주려고 조그만 애완견 한 마리를 샀다. 남편의 선물을 기쁘게 받은 안주인은 하루 종일 강아지와 놀면서 맛난 것들을 배불리 먹였다. 강아지가 안주인의 사랑을 독차지하자 장사꾼의 당나귀는 질투심이 끓어올라 이렇게 투덜거렸다. "난 이날 이때까지 불평 한마디 없이 주인의 짐을 실어 날랐는데, 돌아오는 거라곤 짚으로 된 잠자리와 양에 차지도 않는 여물뿐이야. 이 집에선 우직하게 일만 해서는 귀염을 받을 수 없어."

생각이 여기에 미치자 당나귀는 집 안으로 들어가 안주인의 무릎에 훌쩍 뛰어올라 딴에는 한껏 귀여운 소리로 울어댔다. 가엾은 안주인은 너무 놀라 정신을 잃었을 뿐만 아니라 여기저기에 시퍼런 멍이 들어 몇 주 동안 가라앉지 않았다. 당나귀는 맛난 것은 고사하고 초죽음이 될 때까지 몽둥이찜질만 당했다.

● 교훈 : 애완견은 애완견일 뿐.

36. 농부와 여우

오랜 세월 공처가로 살아온 농부가 덫을 놓아 닭장에 막심한 피해를 끼쳐온 여우를 붙잡았다. "요 쥐새끼 같은 놈, 내 손에 잡힌 이상 쉽게 죽진 못할 거다." 요놈을 어떻게 죽여야 속이 시원할까 한참을 궁리하던 농부는 헝겊에 석유를 적셔 여우의 꼬리에 단단히 묶고 불을 붙인 뒤 놓아주었다. 여우의 고통스런 최후를 즐길 심산이었다.

그런데 여우는 엉뚱하게 추수를 앞둔 농부의 밀밭으로 뛰어들었다. 불은 삽시간에 번져 여름내 땀 흘려 가꾼 작물이 농부의 눈앞에서 잿더미로 변하고 말았다. 잊을 만하면 그 일을 들춰내어 바가지를 긁어대는 마누라 때문에 농부는 몇 년 동안 그 충격에서 헤어나지 못했다.

● 교훈 : 어리석은 사람들 사이에선 잔인함이 재치로 통한다.

37. 황금을 도둑맞은 구두쇠

옛날 아테네에 수입이 생기는 족족 금을 사들이는 구두쇠가 있었다. 구두쇠는 도둑의 눈을 속이려고 사들인 금을 모두 녹여 금괴로 만든 다음 칠을 입혀 돌처럼 보이게 만들었다. 그리고 이 금괴 상자는 주인만 아는 비밀 장소에 묻혀졌다. 구두쇠는 기회 있을 때마다 이 상자를 파내어 자신이 축적한 부를 흐뭇하게 바라보았다.

구두쇠가 금괴를 잔뜩 모아두었다는 소문을 들은 도둑이 오랜 관찰 끝에 상자가 묻혀 있는 곳을 알아냈다. 도둑은 즉시 상자를 파내 뒤 금괴만 챙겨 달아났다.

하루아침에 숨겨놓은 재산을 몽땅 도둑맞은 구두쇠는 분에 못 이겨 입고 있던 옷을 발기발기 찢으며 세상이 떠나갈 듯 목 놓아 울었다. 구두

쇠의 울음소리가 바람을 타고 올림포스 산에 이르자 그 사연이 궁금해
진 제우스가 가축 상인으로 변장하고 구두쇠 앞에 나타났다.

"황금이 얼마나 있으면 부인과 아이들을 먹여 살릴 수 있겠는지요?"
잃어버린 황금을 보상해줄 심산으로 제우스가 물었다.

"난 아내도 없고 자식도 없소이다." 구두쇠가 땅이 꺼져라 한숨을 내쉬
었다. "내가 무슨 돈으로 결혼을 한단 말이오."

"그럼 그 금을 당신 자신을 위해 쓰셨소?"

"쓰다니. 난 그저 모으기만 했소."

"도둑을 잡아 금을 되찾기는 힘들 것 같소." 제우스가 말했다. "하지만 그리 슬퍼할 일만은 아닌 것 같군요. 당신에게는 금이나 돌이나 별 차이가 없을 것 같으니 말이오. 돌멩이를 어루만지며 이게 금이려니 하면 되지 않겠소?"

불난 집에 부채질이나 해대는 제우스를 쫓아버린 구두쇠는 잃어버린 금을 생각하며 계속 눈물을 흘렸다. 그러던 어느 날 구두쇠는 자신의 금괴와 너무나 흡사한 돌멩이 하나를 발견하고는 그것을 상자에 보관했다. 이후로 그는 비슷한 돌멩이를 볼 때마다 집으로 가져와 차곡차곡 쌓아두기 시작했다.

금 대신 돌을 모아놓고 흐뭇해하던 구두쇠는 차츰 광물학과 지질학, 기타 관련 학문에 흥미를 갖게 되었고 머잖아 고생물학의 권위자가 되었다. 황금에 대한 집착을 버리고 이처럼 건전한 학구열을 불태운 덕분에 주변 사람들의 반감도 크게 누그러졌다. 이웃들은 어딜 가나 그를 환영했을 뿐만 아니라, 심지어 소크라테스까지 그를 찾아와 화석과 암석에 대한 강의를 들었다.

● 교훈 : 상징은 돈을 주고 살 수 있지만 지위는 노력해서 얻어야 한다.

38. 양가죽을 쓴 늑대

이성의 옷을 입고 성적 쾌감을 느끼는 젊은 변태 늑대 한 마리가 어느 날 우연히 양가죽을 보게 되었다. 늑대는 냉큼 양가죽을 뒤집어쓰고 집으로 달려가 부모 앞에서 딴에는 근사한 모습을 자랑했다.

"당장 벗어버리지 못해!" 아빠 늑대가 호통을 쳤다.

"아들아, 너한테는 잘 안 어울리는구나." 엄마 늑대는 좀 더 부드러운 투로 타일렀다.

양가죽을 벗기 싫은 아들 늑대가 말했다. "이게 보기에는 우스울지 모르지만 양치기를 속이기엔 안성맞춤이라고요. 이렇게 변장하고 양떼 틈에 슬쩍 끼어들면 아무 때나 양고기를 먹을 수 있잖아요."

"그거 참 좋은 생각이다." 아빠 늑대의 태도가 싹 달라졌다. "역시 머리 하나는 비상한 녀석이라니까."

"여보, 우리 아들이 이렇게 똑똑한 청년이 되었구려." 엄마 늑대도 가슴이 뿌듯해졌다.

이리하여 젊은 늑대는 양으로 변장하고 양떼 틈으로 숨어들었다. 양치기는 길 잃은 양이 돌아온 것이려니 생각하며 변장한 늑대에 더 이상 관심을 기울이지 않았다.

늑대는 혼자서 곰곰이 생각했다. '아무래도 의심을 받을 테니까 당분간 진짜 양처럼 행동하는 게 좋겠어.' 늑대는 다른 양들과 어울려 초원에서 풀을 뜯고 장난을 치며 놀다가 밤이면 우리 안에서 함께 뒤엉켜 잠을 청했다.

그렇게 며칠을 지내고 보니 늑대는 풀이 고기보다 맛날 뿐 아니라 양들도 보기보다 훨씬 지혜롭다는 사실을 깨닫게 되었다. 엄마 늑대와 아빠 늑대가 입에 거품을 물고 반대했지만 젊은 늑대는 여생을 양들과 함께 보냈다.

● 교훈 : 확실한 변장이 최상의 방어다.

39. 노인과 애인

인생의 황혼기에 접어든 한 노인이 늙은 조강지처에게 싫증을 느껴 젊은 여자를 애인으로 삼았다. 이 사실을 눈치챈 노인의 아내는 틈만 나면 그나마 남아 있는 남편의 검은 머리카락을 뽑아버렸다. 남편이 거울을 볼 때마다 자기 나이를 생각하고 불장난을 그만두라는 뜻이었다.

젊은 여자는 또 그 여자대로 늙은 애인을 뒀다는 사실이 남부끄러워 기회 있을 때마다 노인의 흰 머리카락을 뽑아냈다. 두 여자의 극성 때문에 얼마 지나지 않아 노인은 대머리가 되고 말았다.

● 교훈 : 대머리엔 특효약이 없다.

40. 뼈다귀를 문 개

뼈다귀를 물고 다리를 건너던 개가 물에 비친 자기 모습을 보게 되었다. 개는 자기가 가진 뼈 하나에 만족하지 못하고 물에 비친 개의 뼈를 탐냈다. 상대가 뼈를 놓고 달아나기를 기대하며 개는 사납게 짖기 시작했다. 그 바람에 물고 있던 뼈만 물에 빠뜨리고 말았다.

상대가 자기와 똑같이 행동하는 것을 본 개는 뒤늦게야 그것이 물에 비친 자기 모습이라는 사실을 깨달았다. 뼈다귀야 어찌 됐든 물에 비친 자기 모습에 반해버린 개가 중얼거렸다. "내가 이렇게 잘생긴 줄은 미처 몰랐어. 저 초롱초롱한 눈망울 하며…… 반듯한 이마를 보면 뼈대 있는 가문의 혈통인 게 분명하고, 다부진 턱은 내 강직한 성품을 여실히 드러내고 있군."

자기 얼굴을 좀 더 자세히 들여다보려고 몸을 자꾸만 앞으로 숙이던 개는 그만 중심을 잃고 물에 빠져 익사하고 말았다.

●교훈 : 경의를 품기 전에 회의를 품어라.

41. 도시 쥐와 시골 쥐

형제들 중 몸집이 가장 작고, 유년기의 애정 결핍을 보상받기 위해 공격적 성향을 키워온 시골 쥐가 있었는데, 어느 날 도시에 사는 사촌이 이 시골 쥐를 찾아왔다. 저녁 식사를 대접하며 시골 쥐는 삐딱하게 말문을 열었다. "변변찮은 음식이라 네 입에 잘 맞을지 모르겠다. 나한테야 보리나 옥수수도 과분하지. 딱딱한 낟알은 이빨에 좋을 뿐만 아니라 맛은 좀 밋밋해도 영양이 아주 풍부하거든."

"암, 더없이 좋은 건강식이지." 도시 쥐도 맞장구를 쳤다.

시골 쥐가 말을 이었다. "게다가 여긴 공기도 맑고 깨끗해. 매연이나 배기가스가 전혀 없으니까. 고요하고 평화로운 전원 분위기는 정신 건강에도 그만이야. 신경안정제보다야 백번 낫지."

"당연하지." 도시 쥐가 거들었다. "시골에 오면 마음이 더없이 평화로워져. 사실 나 이참에 도시를 뜰 생각이야. 널 찾아온 것도 그 때문이고."

"뭐?" 놀란 시골 쥐가 말했다. "난 죽기 전에 도시 구경이나 한번 해보고 싶었는데."

"그렇담 나랑 며칠 같이 지내보자." 도시 쥐가 대답했다. "미리 말해두지만, 사실 도시란 게 한두 번 놀러 가기엔 그만이지만 눌러살기엔 그다지 좋은 동네가 아냐."

그렇게 해서 시골 쥐는 사촌을 따라 도시로 올라갔다. 사촌은 어느 부유

한 가족과 함께 복층형 펜트하우스에서 살고 있었다. 이번에는 도시 쥐가 저녁상을 차려냈다. 바닷가재와 새우, 훈제 연어, 칠면조, 불고기, 네 가지 수입 치즈, 각종 야채, 일곱 가지 빵 등 그야말로 상다리가 휘어질 정도였다. 후식도 프렌치 패스트리, 셔벗, 아이스크림 중에서 고를 수 있었다. 식후에는 입가심용으로 박하사탕과 땅콩까지 곁들여졌다.

"무슨 잔치라도 했어?" 눈이 휘둥그레진 시골 쥐가 소리쳤다. "난 보기만 해도 배가 부른 걸!"

"잔치는 무슨." 도시 쥐가 대답했다. "우린 매일 이렇게 먹어. 실은 샴페인까지 있어야 제격인데, 오늘은 주인집에서 준비를 안 한 모양이야. 할 수 없지 뭐."

"이런 생활을 포기하고 시골로 내려가겠다는 거야?" 시골 쥐가 못 믿겠다는 듯이 물었다.

"눈에 보이는 게 다는 아냐. 너도 곧 알게 되겠지만." 도시 쥐가 씁쓸한 표정으로 말했다. 그때 갑자기 뒤룩뒤룩 살이 찐 고양이 한 마리가 나타나자 도시 쥐가 소리쳤다. "튀어!"

쥐구멍에 들어온 도시 쥐가 헐떡이며 사촌에게 말했다. "이제 내 말뜻 알겠지? 저렇게 늘 고양이가 어슬렁거리는데 어떻게 마음 놓고 식사를 즐길 수 있겠어. 주인집엔 발바리도 한 마리 있는데, 그 녀석이 짖는 소리를 들으면 등골이 다 오싹해진다니까."

"박하사탕이나 하나 먹어." 시골 쥐가 밝은 목소리로 말했다. "아까 내가 한 줌 집어왔어."

"전문적으로 쥐를 잡는 인간도 있어." 도시 쥐가 덧붙였다. "그자는 우리가 상상하지도 못한 장소에 덫이나 쥐약을 놓거든. 정신 바짝 차려야 돼. 경고하는데, 한순간이라도 방심해서 굴러다니는 소시지나 캐비아를 '옳다구나' 하고 집어먹었다간 곧바로 황천행이야. 상황이 이러니 내가 신경쇠약 직전이지."

"우리 이럴 게 아니라 밖에 나가서 고양이 녀석 눈에 침이나 한번 뱉어주고 들어오자. 골려먹는 것도 재미있잖아." 시골 쥐가 말했다.

"아서!" 사촌이 소리쳤다. "성질만 돋울 뿐이야. 제발 찍소리 말고 조용히 앉아 있어. 기다리다 지치면 돌아갈 거야."

"내 생각엔 말이야, 쥐 잡는 사람이나 고양이나 개를 골탕 먹이면서 식사를 하면 훨씬 더 맛있을 것 같아." 시골 쥐가 흐뭇한 표정으로 말했다.

● 교훈 : 선행의 경우와 마찬가지로, 경쟁의 보람은 경쟁 그 자체에 있다.

42. 살모사와 말벌

호전적인 말벌 한 마리가 차분하게 자기 삶을 즐기며 살아가는 살모사에게 공연히 싸움을 걸었다. 심술궂은 말벌은 한 수 가르쳐주겠다고 단단히 벼르고 덤빈 모양인지 살모사의 뒤통수에 찰싹 달라붙어 쉴 새 없이 침을 찔러댔다. 살모사는 미친 듯이 몸을 비틀어보았지만 악착같은 말벌을 떨쳐낼 수가 없었다.

희망을 포기한 살모사는 불청객을 머리에 붙이고 차가 많이 다니는 도로로 나가 바퀴 자국을 따라 몸을 눕혔다. 곧 커다란 트럭 한 대가 나타나 살모사와 말벌을 동시에 깔아뭉개버렸다.

●교훈 : 영리한 기생충은 미리 숙주의 몸을 떠난다.

43. 병든 개

농장의 개가 아주 심한 천식에 걸렸다. 하지만 늙고 쓸모없는 개로 찍혀 죽게 될까 봐 주인에게는 아무 말도 못하고 혼자서만 끙끙 앓았다. 참다못한 개는 자연치료의 권위자로 알려져 있는 올빼미를 찾아가 도움을 청했다.

"언젠가 내가 들쥐를 너무 많이 잡아먹었을 때 자네와 똑같은 병에 걸렸다네." 올빼미가 말했다. "한 1~2주 동안 쥐를 먹지 말게. 금방 차도가 있을 걸세."

"하지만 전 쥐를 안 먹는데요?" 개가 대답했다. "쥐 잡는 것도 내 일 중 하나지만 맛이 너무 고약해서 먹진 못해요."

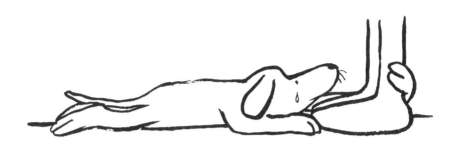

"바로 그게 문제였구먼." 올빼미가 말했다. "최소한 하루에 세 마리는 먹어줘야 하네. 중요한 점은 털이건 꼬리건 남김없이 삼켜야 한다는 거야. 나도 그런 섭생법을 통해 이렇게 건강을 유지하고 있다네."

개는 올빼미의 조언을 따르려 해봤지만 너무 역겨워 그만둘 수밖에 없었다. 이번에는 나이가 들어도 팔팔하고 민첩한 다람쥐를 찾아갔다.

"운동 부족이군." 다람쥐가 말했다. "높은 나무에 올라가 종일 이 가지, 저 가지로 뛰어다녀봐. 그런 병쯤은 씻은 듯이 나을 테니까."

"하지만 전 나무라곤 타본 적이 없는데요." 개가 말했다.

"건강을 생각한다면 지금부터라도 시작해." 말을 마친 다람쥐는 시범이라도 보이듯 훌쩍 나무 위로 사라졌다.

개는 키 작은 나무에라도 올라가보려고 발버둥을 쳤지만 허리만 접질리고 말았다. 개는 마지막 희망을 품고 현명한 수탉을 찾아갔다. "나도 한때 위막성 후두염에 걸린 적이 있는데, 자네의 그 천식과 비슷한 병이야." 수탉이 말했다. "수치스럽게도 나랑 관계를 맺은 암탉들 중에 우리 어머니가 끼어 있었다는 사실을 깨달은 순간 그 병이 엄습하더구면. 너도 알겠지만 천식은 울음이라는 생리 현상이 질병으로 전이된 형태야. 잠재의식적 죄책감에서 비롯된 울음 말이야. 이 경우엔 어머니와의 관계를 끊는 것이 유일한 치료제야."

"우리 어머니는 오래전에 돌아가셨어." 개가 슬픈 목소리로 대답했다. "조속히 영험한 처방을 구하지 못하면 나도 머잖아 어머니 곁으로 가게 생겼어."

절망에 빠진 개는 이제 주인에게 수의사를 불러달라고 하는 수밖에 없었다. 주인은 현관의 흔들의자에 앉아 치즈와 올리브로 간식을 먹으며 일꾼들을 감시하고 있었다. "수의사 좋아하시네!" 개의 하소연을 듣자마자 주인이 소리쳤다. "난 네놈 문제가 뭔지 잘 알아, 이 밥만 축내는 화상아. 늘 처먹기만 하고 빈둥거리니 병이 안 나고 배겨? 이제부터는 물만 먹이고 일은 곱절로 시킬 테니 그리 알아."

1주일 동안 쫄쫄 굶으며 중노동에 시달리던 개는 차라리 다행스럽게도 숨을 거두게 되었다.

● 교훈 : 병도 앓아본 사람이 안다.

44. 개구리와 황소

개구리 가족이 풀밭을 가로지르다 황소 한 마리를 보게 되었다. 엄청나게 큰 황소를 본 새끼 개구리들이 놀라서 저마다 한마디씩 떠들어대는데, 막내 개구리가 나서서 이렇게 말했다. "우리 엄마도 맘만 먹으면 황소만큼 커질 수 있어. 너무 튀면 곤란하니까 그냥 저대로 사는 것뿐이지."

막내 개구리의 말에 형제들 중 몇이 이의를 제기하면서 옥신각신 말다툼이 벌어졌다. 막내 개구리는 엄마를 붙들고 제 말이 옳다는 걸 증명

해달라고 떼를 썼다.

막내의 순진한 믿음에 감동한 엄마 개구리가 말했다. "그럼, 우리 개구리들은 공기를 들이마셔 어렵잖게 몸을 부풀릴 수 있단다. 아직 시도해 보지 않아서 그렇지 저 정도 크기라면 불가능한 것도 아니지. 황소랑 비슷해지면 엄마한테 일러주련?"

엄마 개구리가 공기를 들이마셔 몸을 부풀리는 동안 새끼 개구리들은 연신 개굴개굴 울어대며 엄마를 격려했다. 결국 엄마 개구리는 배가 터져버렸고, 새끼 개구리들이 품고 있던 엄마의 이미지도 함께 날아가고 말았다.

●교훈 : 바지가 너무 조이면 다른 바지를 찾아 입어보라.

45. 늑대와 양

어릴 때부터 형제끼리 심한 경쟁을 하며 자라난 늑대가 무리에서 이탈한 양 한 마리를 잡았다. 늑대는 배를 채우기 전에 양에게 고통을 줘 뭔가 색다른 즐거움을 맛보고 싶었다.

먼저 늑대는 양을 죽일 듯이 덤벼들어 겁을 준 뒤 털만 살짝 물어뜯었다. 그러고는 나무 그늘에 앉아 양에게 야한 이야기나 노래로 자기를 즐겁게 해달라고 주문했다. 양이 그런 이야기나 노래는 아는 게 없다고 하자 생각을 바꾼 늑대는 피리를 꺼내 불며 장단에 맞춰 춤을 추라고 명령했다.

피리 소리를 듣고 달려온 양치기는 개들을 시켜 그 자리에서 늑대를 죽여버렸다. 그런데 양은 오히려 짜증을 부리는 것이었다. "누가 당신더러 구해달라고 했어요? 처음엔 너무 거칠게 나와서 겁을 좀 먹었지만, 저 늑대는 날 좋아했어요. 한창 흥이 나려고 하는데 산통이나 깨고 말이야."

●교훈 : 사디스트에게는 늘 장단을 맞추는 마조히스트가 있는 법.

46. 여우와 토끼

야심만만한 여우 가족이 교외의 고급 주택가로 이사를 왔다. 하지만 여우 가족은 그 정도의 신분 상승에 만족할 수 없었다. 그들은 더 나아가 이 지역 유지들만 들어갈 수 있다는 컨트리클럽의 회원권을 손에 넣고 싶어 했다. 여우 가족은 이웃들의 비위를 맞추고 환심을 사기 위해 갖은 책략을 다 동원했다.

남편은 집집마다 돌아다니며 이 사람에게는 골프 스윙을 가르치는가 하면, 저 사람에게는 잔디 가꾸는 비법을 전수했다. 아내는 밤을 새워가며 전채 요리를 만들어 지역사회 행사에 쫓아다녔고, 속은 좀 쓰리지만 웃음을 가장한 채 집안 대대로 내려오는 케이크 만드는 비법을 아낌없이 공개하기도 했다. 대학에 다니는 아들은 친구들을 집으로 데려와 이웃의 소녀들을 설레게 했고, 딸은 무보수로 동네 아기들을 돌봐주었다.

이처럼 눈물겨운 노력에도 불구하고 컨트리클럽의 자격심사위원들은 그다지 호의적인 반응을 보이지 않았다. "여우 가족들은 너무 아는 척 한단 말이야." 한 임원이 말했다. "으스대는 꼴은 또 어떻고." 다른 임원이 거들었다.

"역시 겸손을 가장한 속물들이었어." 의장의 결론이었다.

"엊그제 우리 집 근처로 이사 온 토끼 가족이 훨씬 나을 듯하군요." 첫 번째 임원이 다시 말했다. "바깥양반이란 사람을 만났는데 장미를 어떻게 가꾸는 게 좋겠냐고 물어보더군요. 약간 소심하긴 하지만 왠지 믿음이 가는 친구였어요."

"우리 집사람도 그 집 안주인이 마음에 드는 모양입니다." 다른 임원이 덧붙였다. "하지만 요리는 잘 못하는지 집사람한테 불고기 만드는 법을 물어봤다네요."

"도와주는 셈 치고 우리 클럽에 가입시키는 게 좋겠군." 의장이 결론을 내렸다. "그 집 딸이 우리 딸아이한테 남자친구 좀 소개시켜달라고 했다지 뭐겠소."

그리하여 여우 가족은 보기 좋게 미역국을 먹고 토끼 가족이 컨트리클럽의 새 회원으로 등록되었다.

● 교훈 : 열등함이 순응의 어머니인데, 그 아버지 역시 그 밥에 그 나물이다.

47. 농부와 살모사

한겨울에 어떤 농부가 눈 덮인 길을 걷다가 얼어 죽기 직전인 살모사 한 마리를 발견했다. 뱀을 측은히 여긴 농부는 양가죽 외투의 단추를 풀고 꽁꽁 얼어붙은 몸을 가슴에 품어주었다.

농부가 집에 다다를 무렵, 온기에 몸이 풀린 살모사가 농부의 가슴에 송곳니를 박아 넣었다. 죽음을 예감한 농부가 목 놓아 탄식했다. "올림포스의 신들이여, 이내 말씀 들어보소. 자비라고 베푼 나를 이런 꼴로 내치시니 세상만사 다스림이 어찌 이리 잔인하오."

의술의 신 아폴로가 이 한 맺힌 탄식을 듣고 즉시 농부 앞에 나타났다. "미친한 뱀에게 베푼 온정을 후회하지 말라." 아폴로가 말했다. "내가 어찌 선행을 죽음으로 보상하겠느냐. 상처는 치유되고 독은 물로 변하

리라."

"감사합니다." 깜짝 놀란 농부가 말했다. "누굴 탓할 생각은 아니었습니다. 제가 자초한 재앙이니까요."

"참으로 장부다운 기개로고." 아폴로가 대답했다. "여하튼 그대가 베푼 온정 때문에 죽는 일은 없을 것이다."

"말씀은 감사하오나 인간의 운명에 신이 개입하는 것이 정녕 옳은 일입니까?" 농부가 이의를 제기했다. "아무리 전지전능한 신이라 하나 이승의 일을 좌지우지하는 건 도리가 아닌 듯하옵니다."

아폴로가 자신의 호의를 받아들이도록 설득하는 동안 농부는 그 자리
에 쓰러져 죽고 말았다.

● 교훈 : 스스로 돕지 못하는 사람을 당신이 도와줄 수는 없다. 그렇다면 스스
   로 도울 수 있는 사람을 당신이 귀찮게 할 필요가 있을까?

48. 감시견과 여우

감시견과 여우가 숲에서 우연히 만나 대화를 시작했다. 하루하루 살아가는 얘기가 나오자 개가 땅이 꺼져라 한숨을 내쉬었다. "난 사람들이 먹다 남긴 찌꺼기나 처리하는 신세야. 양이나 많으면 말도 안 해." 개가 한탄했다. "넌 아무 때나 먹고 싶은 걸 배불리 먹을 수 있잖아. 나뭇가지에 팔을 뻗으면 싱싱한 과일이 있고, 새 둥지를 뒤지면 알이 나오고, 고기야 살아 있는 걸 잡아먹으니 더욱 신선할 테고."

"그건 그렇지." 여우가 말했다. "난 다른 동물들도 다 나처럼 사는 줄 알았어. 근데 그 목에 난 자국은 뭐야? 빙 둘러서 털이 다 닳았는데."

"아, 이건 주인이 내 목에 끈을 맨 자국이야." 개가 대답했다. "난 밤새 주인 옆에서 집을 지켜야 하거든."

"그럼 네 맘대로 밖에 나가 놀지도 못한다는 거야?" 여우가 물었다.

"물론이지." 개가 분한 듯 말했다. "모든 게 주인 뜻에 달렸어. 심지어는 내 취향 같은 건 물어보지도 않고 자기가 고른 암컷과 짝짓기를 시킬 때도 있어."

"그건 참 편하겠다." 여우가 말했다. "그런 골치 아픈 결정을 대신해주는 사람이 있다니. 난 해마다 직접 내 짝을 찾는데 한 번도 제대로 고른 적이 없어. 너, 나랑 바꿔서 살아볼래?"

세상일을 다른 각도에서 바라보게 된 개는 집으로 돌아와 제 팔자에 만족하며 살았다.

● 교훈 : 기형 없는 순응은 없다.

에필로그

지금까지 나온 이야기들을 읽고도 당신의 정서장애가 치료되지 않아 정신과 의사를 찾아갈 생각이라면 다음에 나오는 이야기를 참고하기 바란다. 이것은 '이솝우화'에 의존하지 않고 트이로프 교수가 특별히 당신을 위해 집필한 순수 창작물이다.

49. 초보 정신과 의사의 도벽 상담

한 젊은 여성이 도벽 증세를 갖고 있었다. 처음에는 그런 충동이 큰 희열을 가져다주었다. 그도 그럴 것이 자기 능력으로 도저히 살 수 없는 비싼 장신구들을 손쉽게 얻을 수 있기 때문이었다. 하지만 몇 차례 붙잡힐 뻔한 위기를 겪고 나서는 여자도 자신의 억제할 수 없는 충동이 두려워지기 시작했다. 생각 끝에 찾아간 정신과 의사는 경험이 많지 않은 풋내기였다.

환자가 젊고 아름다운 여인이라는 까닭도 있었지만, 의사는 사명감에 불타올라 어떻게든 병을 고쳐보려 했다. "도벽은 비교적 단순한 강박증에 속합니다." 의사가 말했다. "성적 욕망의 자연스러운 배출구를 막고 있는 것이 무엇인지 밝혀내기만 하면 이 같은 반사회적 행위를 즉시 중단할 수 있습니다. 상담료는 건당 35달러입니다."

여자는 당장 치료를 시작하고 싶지만 자기 형편으로는 도저히 치료비를 감당할 수 없다고 말했다. "잘 들어보세요." 의사가 알아듣게 설명했다. "치료를 거부하는 환자분의 잠재의식이 치료비에 대한 반발로 나타나고 있는 것입니다. 그렇다면 이건 제가 생각했던 것보다 심각한 상황이군요." 결국 이 아리따운 환자는 치료와 치료비 모두에 동의했다.

거듭되는 상담을 통해 환자의 꿈과 유년 시절의 기억, 억압된 성적 욕망 등이 차츰 실체를 드러냈고, 어느 순간 여자의 도벽도 깨끗이 사라졌다. 결과에 만족한 의사는 치료가 끝났음을 알리고 돈을 받으려 했다.

그러자 여자는 이렇게 말했다. "전에는 훔친 물건들이 있어서 치료비를 낼 수 있었어요. 하지만 선생님께선 제 병을 고치면서 치료비가 나올 돈줄까지 말려버리셨잖아요. 혹시 다른 방법으로 갚아드릴 길은 없을까요?"

●교훈 : 사람의 성격이란 그야말로 종잡을 수 없는 증상을 가진 불치병이다.